TYPO
EST DIRIGÉE PAR
GASTON MIRON

AVEC LA COLLABORATION DE
ALAIN HORIC
JACQUES LANCTÔT
JEAN ROYER

GISÈLE ET LE SERPENT

JACQUES BENOIT

Gisèle et le serpent

Roman

Préface d'André Brochu

TYPO

Éditions TYPO
Une division du groupe Ville-Marie Littérature
1010, rue de la Gauchetière Est
Montréal, Québec H2L 2N5
Téléphone: (514) 523-1182
Télécopieur: (514) 282-7530

Maquette de la couverture: Nancy Desrosiers
En couverture: Henri Rousseau, *Le rêve*, huile sur toile, 1910. Coll. Museum of
Modern Art, N. Y.

DISTRIBUTEURS EXCLUSIFS:

Pour le Québec, le Canada et les États-Unis:
LES MESSAGERIES ADP*
955, rue Amherst, Montréal H2L 3K4
Tél.: (514) 523-1182
Télécopieur: (514) 939-0406
* Filiale de Sogides ltée

Pour la Belgique et le Luxembourg:
PRESSES DE BELGIQUE S.A.
Boulevard de l'Europe, 117 B-1301 Wavre
Tél.: (10) 41-59-66
(10) 41-78-50
Télécopieur: (10) 41-20-24

Pour la Suisse:
TRANSAT S.A.
Route des Jeunes, 4 Ter, C.P. 125, 1211 Genève 26
Tél.: (41-22) 342-77-40
Télécopieur: (41-22) 343-46-46

Pour la France et les autres pays:
INTER FORUM
Immeuble ORSUD, 3-5, avenue Galliéni, 94251 Gentilly Cédex
Tél.: (1) 47.40.66.07
Télécopieur: (1) 47.40.63.66
Commandes: Tél.: (16) 38.32.71.00
Télécopieur: (16) 38.32.71.28
Télex: 780372

Dépôt légal — 1er trimestre 1994
Bibliothèque nationale du Québec
Bibliothèque nationale du Canada

PRÉFACE

Chez Jacques Benoit, les humains, parce qu'ils sont de drôles de bêtes, ont d'étranges et constants rapports avec les animaux. Dès la première phrase du premier livre — l'admirable Jos Carbone[1] *— on le constate aisément: «Opiniâtre, minuscule, patient et rusé, tel un insecte noir et dur sur un plancher de béton, Jos Carbone avançait dans la nuit.» Quelques lignes plus bas: «Tout son être obéissait à cette soif insupportable, à cet énervement sans fin qui le menait aussi sûrement qu'une araignée au bout de son fil.» Les comparaisons indiquent bien qu'il faut considérer le personnage exactement comme un arthropode, sans préjugé psychologiste, sinon on risque de passer à côté de sa vérité qui relève proprement de l'entomologie. Voilà du réalisme de la meilleure veine, que j'appellerais la veine médiévale: celle de Jérôme Bosch et de Bruegel du reste postérieurs au Moyen-Âge, qui voyaient l'homme en son corps, avec une cruelle précision, et à la lumière de Dieu — sans cette épaisseur de mièvrerie que l'individualisme renaissant, puis romantique, a déposée sur l'espèce.*

Les hommes sont des bêtes, disent les métaphores, et les bêtes sont quelque chose comme des hommes,

---

1. *Éd. du Jour, 1967. Collection «Québec 10/10», 1980.*

notamment dans Les princes[2] *où des sociétés fort policées de chiens ont bien plus fière allure que ces hommes «aux orteils noirs, gros comme des prunes», qui grognent après eux...*

Dans Gisèle et le serpent[3], *c'est la femme qui entretient de prodigieux rapports avec l'animalité. Prodigieux par leur vérité brute de fantasmes; et par toutes les connotations culturelles, bibliques notamment, qui s'y greffent. On se souvient d'Ève, notre mère à tous, et qui ne l'aurait pas été si un serpent — le Diable en personne — ne l'avait induite en tentation. Cette bête qui a perdu nos innocents ancêtres, une autre femme, excellente entre toutes, en aura eu raison et c'est Marie, la mère de Dieu, laquelle du talon lui écrasa la tête. La Gisèle de Benoit, à vrai dire, n'a rien écrasé du tout, elle a même fait très bon ménage avec le démon — avant de se marier et de devenir la plus irréprochable des épouses et des mères de famille. Il n'empêche: l'inimitié que le Créateur a mise entre la Femme et le serpent trouve sa correction ou sa revanche dans l'association entre Gisèle et le vilain reptile. Récrivant à sa façon la tradition judéo-chrétienne, Jacques Benoit imagine une histoire où, loin d'être écrasé, le serpent s'incorpore naturellement à la sexualité masculine, pour la plus grande joie de la femme et de tous. Telle est l'euphorique conclusion d'un livre qui, bien entendu, aura dû revêtir d'abord des allures de cauchemar.*

Jacques Ferron signale une autre connotation, non pas biblique mais médicale, que la profession du narrateur, un médecin, rend tout à fait pertinente: «La médecine a pour emblème un serpent enroulé sur un

---

2. *Éd. du Jour, 1973. Collection «Québec 10/10», 1981.*

3. *La première édition paraît en 1981 (Libre Expression).*

bâton vertical. [Gisèle] prend le serpent et laisse au médecin le bâton[4].» Des psychanalystes verront peut-être là la distinction classique entre pénis et phallus!

On pourrait ainsi multiplier les références à une symbolique riche en développements de toutes sortes. Mais avant de posséder de prestigieuses significations, le serpent a une réalité plus immédiate.

Car ce livre — Jacques Benoit l'a raconté[5] — est né d'un rêve. Cela veut dire qu'il a sa source dans la vie intérieure de l'auteur; or, la vie intérieure n'est pas affaire de spiritualité mais de pulsions libidinales et de fantasmes. Un serpent, quoi de plus transparent? Le sens érotique de ce motif est universel. Cependant, il contient une charge affective énorme, qui concerne directement le sujet (de la rêverie, du livre). Partir de cette impression vécue pour en déployer les virtualités et, par la vertu du langage, rendre communicable ce paquet d'affects, le mettre en communauté de perspective avec l'imaginaire du lecteur, voilà l'entreprise du romancier, qui ne se fait pas ici le chroniqueur du réel coutumier, banal — lieu de ce que Sartre appelait les ustensilités — mais d'un réel perméable au désir. Les surréalistes, en poésie, avaient depuis longtemps imaginé de transformer la vérité quotidienne en l'ouvrant aux suggestions de l'inconscient. Ce n'est que depuis peu de temps que les romanciers ont fait leur cette leçon, et pris leurs distances à l'égard du vraisemblable. La fiction, dès lors, s'avoue comme fiction et abandonne toute prétention à véhiculer un enseignement moral. Le romancier se donne plutôt pour objectif d'être fidèle à la vérité pulsionnelle, d'agir à ce

---

4. Jacques Ferron, «Une diablerie magistrale», Livre d'ici, 7 octobre 1981.
5. Jacques Benoit, «Gisèle et le serpent: "Un suspense que j'ai longuement médité"», Le Devoir, 26 septembre 1981, p. 27.

niveau de la représentation qui a été si longtemps refoulé
et que, de toute urgence, en nos temps de sublimation
difficile, voire impossible, il convient d'explorer et de
harnacher. De là la nécessaire crudité de mainte scène de
ce livre. Éros et Thanatos en sont les véritables personnages. Gisèle est une jeune femme bien malheureuse et qui
dépérit, tant qu'elle ne rencontre pas, sous les espèces d'un
serpent, le principe de jouissance. Celui-ci en fait rapidement une femme en santé, «appétissante» car les lexiques
de l'amour et de la cuisine communiquent volontiers. Ainsi
sauvée, rendue aux délices terrestres, Gisèle n'a d'autre
but dans la vie que de s'amuser, c'est-à-dire de forniquer et
de jouer des tours pendables, avec la complicité de son
démon familier. Celui-ci, Tournoukriel, a fait un pacte avec
la jeune femme — le pacte avec le démon est une des
grandes constantes du légendaire des peuples, même du
peuple laurentien qui se délectait, au XIXᵉ siècle, de chasse-
galerie et autres diableries. En échange de dons, qui
permettent à Gisèle de faire un nœud dans le réel et de le
rendre conforme à son désir, Tournoukriel, qui porte
familièrement le sobriquet bonasse de Toutou, trouve refuge
littéralement dans son sein. Il s'introduit par les voies
naturelles, de la plus jouissive façon, et semble y trouver
son compte. À d'autres moments, Toutou prend allure
humaine ou presque et devient un inquiétant farceur, habile
à exploiter la faiblesse et la médiocrité humaines à des fins
divertissantes. Jacques Benoit délaisse alors la veine
érotique pour une violence d'autant plus horrible qu'elle est
barbouillée de fantaisie. Au fait, la sexualité y reste inscrite
en filigrane puisque le sadisme triomphe, par exemple dans
ces mutilations extraordinaires que le bon Dʳ Barbin, alias
la Farine, alias Toutou, fait subir aux patients du
Dʳ Rabouin, le narrateur.

Explorer le mal tout en le rendant ridicule, donc supportable, voilà l'étrange propos de ce livre, qui réussit du reste, malgré son invraisemblance, à se donner une intensité de suspense. Il le fait en deux temps: d'abord, en élaborant une explication rationnelle pour tenter de rendre compte, sans succès, des énigmes qui s'accumulent; puis en redoublant le discours du narrateur par celui de Gisèle, auteur d'un cahier noir qui, après coup, vient éclairer le passé d'une lumière tout à fait sulfureuse et surnaturelle. On est finalement convaincu, tout comme le narrateur, de l'existence des démons — et de l'ineptie du clergé qui, lui, n'y croit plus! En tout cas, on est convaincu de l'existence absolue du sexe, de son omniprésence. «Je suis la Voie, la Vérité, la Vie», écrit Gisèle qui cite «un Juif»... Cette voie, on le constate plus loin, c'est l'anus de Tournoukriel par lequel, changée en serpent, Gisèle accède «au Royaume du Maître, au milieu de tous les congénères de Toutou. Délices, bonheur, plaisir! Le Royaume est sur Terre, et Toutou et les siens le peuplent avec tous leurs amis terrestres.» Voilà sans doute une indication majeure sur le sens qu'il faut donner à la fable que nous raconte Jacques Benoit. Tous ses romans, du reste, nous plongent dans l'immanence d'une humanité très proche, comme je l'ai dit, de l'animalité, le diable étant peut-être leur synthèse (comme l'étaient les monstres dans Les princes). *Tournoukriel s'appelle aussi Toutou, et encore Barbin, nom proche de Babouin qui est la déformation de Rabouin (le narrateur), lequel s'apparente à Ribeault, nom de famille de Gisèle. La chaîne des noms suggère la continuité des hommes et des démons. Cette immanence fonctionne comme un rébus. On a l'impression d'un message caché, à découvrir. La vitalité intense des êtres, des jeux donnés à observer ne satisfait qu'à moitié le lecteur: comme un signifiant qui serait veuf du signifié. Pourquoi cette*

astucieuse et complexe intrigue, aux nombreux rebon-
dissements? Qu'est-ce que ce surnaturel dérisoire apporte à
notre façon de percevoir le monde? À chaque lecteur, au
fait, de répondre. Pour ma part, il me semble que Gisèle
expérimente un monde privé de valeurs, où les dieux
n'existent plus mais où subsistent cependant les démons,
entêtés de luxure et de malice gratuite, absurde. Ces démons,
en somme, c'est nous, avec simplement les pouvoirs en plus
que donne un désir parcourant le réel et le dévastant, le
soumettant à sa loi. Quand Dieu n'existe plus, l'homme de-
vient désir.

Bon. Mais comment comprendre la fin, l'incorporation
et la régulation du désir, la conjugalité triomphante et les
nombreux enfants? Comment l'excès sexuel et agressif peut-
il se résorber en douceur dans une position institutionnelle
aussi liée à la tradition? Une chose est certaine: cette con-
clusion résout parfaitement les tensions du récit, assure le
triomphe de l'humour sur les puissances de destruction.
Conclusion morale, comme le suggérait Jacques Ferron[6]?
Oui, mais absolument pas moraliste. Le surmoi reste hors
champ, pour la plus grande joie du lecteur.

La leçon de Jacques Benoit, si leçon il y a, c'est
peut-être qu'il faut chercher un remède à la désertion des
valeurs sans en ressusciter le code — rien qu'en prenant
plaisir à vivre. Le plaisir, une fois décanté des angoisses qui
le compliquent, mène au bonheur, qui mène à la sagesse.

ANDRÉ BROCHU

---

6. Idem.

À Michelle,
à qui je dois tant.

Dans votre sein ce serpent élevé…

RACINE,
Andromaque

1

Un jour, à la fin de l'hiver, une femme vint me consulter. Elle était maigre, le teint blême, le regard morne, et je lui donnais dans la quarantaine. En établissant son dossier, j'appris avec une certaine surprise qu'elle n'avait que vingt-neuf ans et je la considérai avec plus d'attention.

Elle avait l'air triste, comme si quelque chose l'avait rongée en dedans, et me dit souffrir d'anémie. Comme elle soupirait sans arrêt, je me demandai si ce n'était pas d'ennui qu'elle souffrait, mais, vu son état d'abattement évident, je lui prescrivis quand même des fortifiants et du repos, tout en lui recommandant de se changer les idées et de se distraire.

Puis je lui fixai un second rendez-vous, au printemps. Elle ne vint pas et mon assistante la rappela. Un nouveau rendez-vous fut pris à l'été. Elle manqua celui-là également et je dis alors à mon assistante de laisser tomber.

Je revis ma patiente un soir de juin, quatre ans plus tard, à une terrasse de la rue de la Montagne. Même si on trouve peu de terrasses à Montréal, il y en a quand même quelques-unes, rue de la Montagne et rue Saint-Denis notamment; comme je suis encore célibataire, malgré mes

trente-cinq ans, et qu'on y voit souvent de jolies femmes at-
tablées, je ne déteste pas y prendre un verre à l'occasion.

Je mis longtemps à la reconnaître. À trois ou quatre
tables de la mienne, une femme, en compagnie de deux
hommes, avait attiré mon attention. D'une beauté éclatante,
la peau très blanche, un brin dodue (juste ce qu'il faut
pour rendre une femme appétissante), cette femme, très
animée, endiablée même, riait très fort en faisant beaucoup de gestes. Les deux hommes s'esclaffaient, la lor-
gnaient sans gêne, et semblaient l'encourager par toute
leur attitude à faire plus de tapage.

Des trois, elle était presque la seule à parler, à très
haute voix, très sûre d'elle, et elle racontait avec des
éclats de rire comment elle avait réussi dans un magasin à
voler quelques dollars à une vendeuse sur je ne sais plus
trop quel article — peut-être un parapluie.

En soi, l'affaire n'avait rien d'extraordinaire, mais
elle racontait la chose avec tant de verve, elle semblait
s'être tellement amusée à voler la vendeuse — qu'elle décrivait et dont elle se moquait — que, mine de rien, tout le
monde alentour écoutait. Elle était devenue le centre d'at-
traction. Des clients se risquaient à la regarder en souriant, quelques-uns, assez rares il faut dire, paraissaient
scandalisés.

Je n'avais pas d'idée de faite à son sujet et je me
contentais de l'écouter et de l'observer quand un de ses
deux compagnons accrocha un garçon au passage et coupa
la parole à la jeune femme:

«Gisèle, qu'est-ce que tu prends?»

Le nom me fit tinter les oreilles et, sans en croire mes
yeux, je m'avançai sur le bout de ma chaise et scrutai ses
traits. Pas de doute, abstraction faite de l'agréable couche de
graisse dont elle s'était enrichie, c'était mon ex-patiente!

Mal à l'aise, troublé de la voir si changée, je desserrai le nœud de ma cravate et, pris d'une peur aussi soudaine qu'inexplicable, je voulus me lever pour partir. À ce moment précis, elle se retourna, comme si elle était au fait de ma présence depuis le début, et me lança d'une voix vive, par-dessus les tables:

«Vous allez bien, docteur?»

Je rougis — maintenant, tout le monde me regardait — et je voulus répondre quelque chose. Mais tout ce qui sortit de ma gorge fut une espèce de croassement d'agonisant.

Gisèle éclata de rire, se mit debout avec vivacité et, plantant là les deux autres, fraya un chemin à ses rondeurs jusqu'à ma table.

«Je suis difficile à reconnaître, hein?» fit-elle en s'asseyant sans en demander la permission et en déposant son verre devant elle.

Était-ce mon célibat? le sans-gêne de cette femme? sa transformation inexplicable? Toujours est-il que mon trouble avait redoublé et que je restais sans voix.

«Vos fortifiants m'ont fait du bien, reprit-elle aussitôt mais d'une voix plus basse, voulant de toute évidence me tirer d'embarras en détournant l'attention de la clientèle.

— Vous êtes… un cas unique, dis-je enfin en desserrant encore un peu plus ma cravate.

— Je suis allée en voyage. Dans le Sud, dit-elle, et elle avala une gorgée. Je m'excuse pour les deux rendez-vous.

— Ce n'est pas grave. L'important… vous avez pris du mieux.

— Vous trouvez que j'ai embelli?» demanda-t-elle en me décochant un regard rieur et avec une coquetterie appuyée.

Un coup d'œil en coin, et je m'aperçus que les deux compagnons de Gisèle avaient changé de table et s'étaient éloignés de la nôtre. Je pensai fiévreusement: «Elle est à moi!» mais, hélas! je n'étais pas, moi, tout à moi.

Je me rendis compte que je ne savais plus où nous en étions.

«Qu'est-ce que vous me disiez? demandai-je, ma confusion augmentant.

— Vous pensez à trop de choses trop vite, dit-elle comme si elle m'avait deviné. Je vous demandais si vous me trouviez embellie.

— Vous avez pris du mieux, dis-je bêtement. Beaucoup de mieux. Vous…

— J'ai embelli, coupa-t-elle soudain, les yeux étincelants, et avec un regard d'une intensité gênante. Je suis maintenant éclatante. Est-ce que vous trouvez que je suis éclatante?

— Vous êtes souverainement appétissante.»

Je m'interrompis, réalisant avec surprise que notre conversation prenait un tour résolument intime, comme si nous avions été pour le moins des connaissances de longue date. C'était incroyable!

Mon malaise faillit me reprendre, mais elle y coupa court:

«Je vous paie un verre. Jean-Pierre!»

Le garçon se retourna et lui fit signe qu'il allait venir.

Je voulus refuser, j'insistai pour payer les consommations, mais, autoritaire, prétextant qu'elle voulait me dédommager un brin des deux rendez-vous manqués, elle paya de sa poche.

Je ne sais ce qu'elle avait commandé. La boisson était verte, servie dans un très grand verre («Un mélange à moi», avait-elle dit), et je crois n'avoir jamais rien bu d'aussi grisant. J'étais maintenant tout à fait à l'aise. J'offris la seconde tournée, elle, la suivante, et je perdis très vite le compte.

La nuit avançait, et je devins complètement ivre. Gisèle était toujours là qui riait et parlait, quand un garçon, comme c'était la fermeture j'imagine, nous mit gentiment à la porte.

Je pris pied sur le trottoir, abasourdi. Je ne me rappelais plus rien de la soirée. Puis tout se passa très vite. Un taxi s'arrêta, appelé sans doute par un geste de ma compagne, celle-ci m'expliqua quelque chose comme quoi elle devait rentrer rapidement et, après m'avoir adressé une espèce de grimace en guise de sourire et de salut, elle s'engouffra dans la voiture.

J'étais seul. Je regardai autour de moi et, surprise! je fus incapable de reconnaître l'endroit où je me trouvais.

Sur ces entrefaites, quelqu'un m'emprisonna solidement les bras par derrière tandis qu'une camionnette grise se rangeait contre le trottoir à ma hauteur, et on me poussa dedans par la porte arrière. Le véhicule était plein de clochards déguenillés et sentant mauvais, dont un couché par terre qui vomissait sur les pieds de tout le monde.

J'étais trop soûl pour m'en affoler, mais, me semblat-il, ces gens parlaient une langue de moi inconnue. Quelque chose de rauque et de guttural, avec beaucoup de *a*.

Le lendemain, quand j'eus repris à moitié mes esprits, je découvris que j'étais dans une prison de Moscou. Cela, je le réalisai grâce à mon compagnon de cellule, un clochard, qui m'avait écrit Moscou, en caractères cyrilliques, sur une des semelles de ses souliers. Après une longue hésitation, je reconnus le mot, que j'avais vu écrit dans les mêmes caractères sur un gigantesque tableau lumineux, lors de la cérémonie de clôture des Jeux olympiques de Montréal, quand on donna rendez-vous au monde pour les Jeux de Moscou qui devaient suivre. Mon clochard me regardait d'un air perplexe, le nez presque plongé dans ma tasse de soupe aux choux (notre petit déjeuner) quand je réussis enfin à déchiffrer les fameux caractères — qu'il avait tracés je ne dirai pas avec quoi. Ma tasse m'échappa, j'ouvris la bouche comme pour crier et je perdis connaissance.

2

C'est Gisèle qui me sortit de là. Naturellement, devrais-je ajouter. Mais n'anticipons pas.

En revenant à moi (j'étais maintenant à peu près sobre mais toujours en prison), mon bon sens me revint, malgré la confusion de mes idées.

Après une courte réflexion, je conclus que j'avais été drogué, peut-être par Gisèle, peut-être même par le garçon de la terrasse qui nous avait servis. Le hic, toutefois, était que mon compagnon de cellule refusait toujours de parler français, ou même anglais, et s'obstinait à s'exprimer dans une langue qui, plus tôt, m'avait semblé être du russe.

De deux choses l'une, me dis-je en l'observant avec perplexité. Ou je suis à Montréal, et il parle effectivement une langue slave (un clochard étranger, cela s'est vu), ou alors je suis toujours sous l'effet de cette drogue et je suis en plein délire. Cette idée me fit remonter le cœur à la gorge et j'eus l'impression que j'allais de nouveau défaillir quand, là-dessus, la porte de la cellule s'ouvrit avec un bruit métallique.

Un gardien était là, vêtu d'un uniforme brun clair trop ample pour lui, la casquette repoussée sur la nuque, avec à ses côtés Gisèle, plus belle que jamais, toute rose dans une robe rouge incroyablement moulante.

Elle parlait au gardien dans la même langue que le clochard, un sourire terriblement séduisant sur les lèvres — un sourire lubrique, pour être plus précis — et le gardien, l'air songeur, lui regardait la bouche tout en remuant lentement ses mâchoires carrées comme une vache qui rumine. Je ne sais ce qu'elle disait ni ce qu'il répondit. Au surplus, même si la porte était grande ouverte et que nous les regardions les yeux ronds, mon clochard et moi, comme s'ils avaient été des apparitions, ils ne semblaient même pas s'apercevoir de notre existence. *Pour eux, nous n'existions pas ou peut-être, me dis-je, est-ce eux qui n'existent pas?*

Brusquement, Gisèle approcha ses lèvres de celles du gardien et lui enfonça sa langue dans la gorge comme un dard. Je réalisai, horrifié, qu'il fallait que leurs relations soient extrêmement intimes pour qu'elle se permette un tel geste.

Aussi soudainement, elle parut se désintéresser du gardien et, se tournant vers moi:

«Venez. On s'en va», dit-elle.

«Du LSD, on m'a fait prendre du LSD!» pensai-je, ce qui ne m'empêcha pas de la suivre comme si toute la scène avait été vraie.

Gisèle, tout naturellement, m'avait pris le bras et je sentais son sein contre moi. Elle m'entraînait dans un long corridor en béton.

«Où est-ce qu'on est? dis-je.

— Vous n'avez pas encore deviné!» s'écria-t-elle en éclatant de rire, et je vis sa langue rouge et charnue.

Inutile de décrire longuement ce que je voyais et qui ressemblait à ces scènes de prison qu'on peut voir dans tous les films se passant à l'Est: des gardiens au visage fermé, cheveux ras, à l'air de paysans en uniforme, nous regardaient passer en silence, tandis que nous avancions d'une lourde porte de fer à une autre — boum! boum! que cela faisait derrière nous.

«Je sais qu'on n'est pas à Moscou, dis-je enfin. C'est l'effet de la drogue.»

Elle rit à nouveau pour toute réponse, un rire éclatant comme des sonnailles de grelots au timbre clair, et toute la prison en retentit. Je jetai un coup d'œil furtif par-dessus mon épaule, comme si j'avais eu peur qu'on nous arrête à cause de son rire, mais les gardiens ne bougeaient toujours pas.

Elle poussa une porte blindée. Tout à mes craintes je manquai à moitié la marche qui suivait, nous étions sur la place Rouge, en plein cœur de Moscou, sous un soleil radieux.

La jambe douloureuse à cause de mon faux pas, je me mis à battre follement des paupières, et mon cœur cognait à tout rompre. *Moscou!*

«Où est-ce qu'on est?» demanda Gisèle avec un brin de moquerie, répétant mot pour mot ma question de tantôt.

Moscou! Moi qui, dans ma jeunesse, lisais avidement Tchekhov, médecin comme moi, et rêvais de devenir écrivain comme lui. Mais, bien sûr, une paresse crasse et le manque de talent me faisaient remettre l'affaire d'année en année et je n'avais jamais écrit une ligne.

Moscou! Le Kremlin, doré et rouge, avec ses bulbes à aiguilles, était devant mon nez. Le mausolée de Lénine également, gris-noir, au milieu de l'immense place, et puis ces rares autos aux formes étranges avançant lentement, avec çà et là quelques paysannes courtaudes, aussi larges que hautes, la tête couverte d'un fichu, qui allaient paisiblement entre les véhicules.

«Moscou…» grognai-je d'une voix étranglée.

Mais déjà Gisèle m'emmenait vers le centre de la place. Des automobilistes passaient tout doucement près de nous comme en rêve, les yeux fixes, braqués sur ma compagne comme sur un appétissant morceau de viande rouge.

Puis je vis Lénine, tout noir, son énorme poing de bronze éternellement dressé, dans une pose qui pouvait laisser croire qu'il allait s'envoler.

Un grand homme maigre à l'expression niaise, les oreilles décollées, les jambes de pantalon comme deux sacs à patates, se tenait immobile au pied du monument, un balai de rameaux entre les mains. La mine ravie — comme s'il voyait la Vierge —, il nous regardait venir. Ou plutôt, il regardait Gisèle.

Elle l'accosta avec le même sourire prometteur qu'elle avait eu pour le gardien de prison et lui adressa la parole en russe.

Il but ses paroles avec un air extatique, puis après ce qui me sembla être un long temps de réflexion de sa part, il lui répondit sans la quitter des yeux. Visiblement, c'était un débile mental, mais pas assez arriéré pour ne pas la trouver belle.

Gisèle parut le remercier chaleureusement, puis, se coulant près de lui, elle lui donna des marques plus tangibles de sa gratitude. En bref (excusez la crudité de l'expression), elle se mit à lui caresser le sexe à travers son pantalon.

J'étais déjà trop ébahi par tout ce qui m'arrivait et je restai sans réaction.

Pas le balayeur. Il ferma les yeux de plaisir, et puis zouf! quelque chose d'extraordinaire se produisit: le pauvre hère se volatilisa et à sa place apparut un serpent, long comme le bras, qui jeta un coup d'œil étonné sur Gisèle puis s'enfuit en se tortillant vers la base du monument.

«Un cochon de moins!» cracha Gisèle avec mépris et, croyant être devenu fou, hébété («C'est la drogue! la drogue!» que je me répétais pour me rassurer.), je la suivis docilement jusque de l'autre côté de la place Rouge, tout en regardant derrière moi, du côté où avait filé le serpent. Enfin — je résume puisque tout alla ensuite comme sur des roulettes et sans rien d'anormal ou d'extraordinaire —, nous prîmes un car jusqu'à Yougorkine, l'aéroport de Moscou, où nous montâmes dans un Ilyouchine 69. Après une assez brève escale à Paris, l'avion nous déposa une vingtaine d'heures plus tard à Mirabel.

Quand je revins à moi pour de bon, j'étais avec Gisèle.

D'abord, j'ouvris un œil: elle était toute nue dans un lit, et moi de même. Aussitôt, je ressentis une douleur lancinante à la jambe et sur le coup je repensai à mon faux pas, à la sortie de la prison, et tout le reste me remonta à la mémoire.

Je me soulevai vivement sur les coudes: je frissonnais d'horreur mais, en même temps, pour la première fois depuis ce qui me semblait être une éternité, je sentais que j'étais moi, vraiment moi — enfin! — et cela me fit du bien.

«Où est-ce que je suis?» m'écriai-je.

Gisèle était assise, appuyée contre la tête du lit, les bras tombants et les mains à plat sur le matelas, ses beaux seins nus bien en vue, et elle me regardait d'un air narquois.

«J'ai jamais vu personne boire comme vous, fit-elle pour toute réponse. Comment vous faites?

— Je suis où? répétai-je, et cette fois, bien malgré moi et en dépit de la gravité du moment, mes yeux se braquèrent sur ses seins.

— Dans mon lit, dit-elle en commençant à s'étirer voluptueusement. Il me semble (elle bâilla)… il me semble que ça se voit.»

Au même moment, j'eus l'impression qu'une décharge électrique de très forte puissance me traversait le cerveau: ô l'atroce mal de cheveux! et, m'écrasant, je posai précautionneusement la tête sur l'oreiller en portant la main à mon front.

«Ma tête… je geignis, trop souffrant pour m'étonner du fait que je n'avais pas senti de douleur en m'éveillant et que la terrible migraine semblait m'être tombée dessus inopinément, comme un bloc de ciment.

— Vous avez bu cinq *couac*.

— Hein? (Je n'avais jamais entendu parler de pareil mélange.)

— Le jus vert, vous vous souvenez? C'est moi qui ai commandé. C'est un mélange de vodka, de cognac et de pernod, ajouta-t-elle et, repoussant les draps, elle se leva et alla passer une robe de chambre de dentelle noire.

— On était à Moscou, dis-je faiblement.

— Moscou mon cul… pardon!»

Elle reprit, m'observant d'un air étonné:

«Moscou — vous avez dit Moscou?»

Je la regardai. Qu'elle était belle!

«L'alcool vous fait pas, il n'y a pas à dire. Je vais aller faire du café.»

Et elle tourna les talons.

Je trouvai mes vêtements par terre aux quatre coins de la pièce, m'habillai et, péniblement, j'allai retrouver mon ex-patiente à la cuisine.

Trois ou quatre verres de jus de tomate, du café en quantité et trois aspirines me firent enfin réaliser que je m'étais affreusement soûlé: Moscou, la prison, le balayeur changé en serpent, tout cela avait été le fruit de mon imagination, ou plutôt de mon délire. Cela me fit peur car bien que je ne dédaigne pas de lever le coude, je ne suis pas alcoolique, et c'était mon premier trou de mémoire dû à l'alcool.

Vers dix heures, sans oser embrasser Gisèle (une étrange pudeur me retenait), j'appelai un taxi et pris le chemin de mon cabinet.

Ma jeune secrétaire et assistante, Claudette, était dans tous ses états. Elle vint à ma rencontre avec une mine soucieuse, comme si elle se trouvait en présence d'un grand malade.

«Qu'est-ce qu'il y a? grognai-je en enlevant mon veston pour passer ma blouse blanche.

— C'est à moi de vous demander ça, dit-elle, les yeux ronds.

— C'est bien le restant du plat, commençai-je, et je la maudissais intérieurement. S'il faut maintenant que les assistantes commencent à reprocher quelques minutes de retard à leur patron, je…

— Je vous attends depuis vingt-quatre heures!» s'écriat-elle.

Une terrible douleur me déchira la jambe.

«Vingt-quatre heures?

— On est jeudi. Vous êtes pas venu hier, mercredi. Vous… vous avez été malade?»

Riez si vous voulez: je n'y pouvais rien, je m'évanouis (encore une fois), et il me semble lui être tombé dans les bras.

❏

Je revins à moi. Claudette, je ne sais trop comment car elle est plutôt frêle, avait réussi à m'allonger sur la table à roulettes de ma salle d'examen et, penchée sur moi, elle me tamponnait la figure avec une serviette mouillée — amoureusement me sembla-t-il en ouvrant les yeux.

Je sautai de la table et courus aussitôt à la pièce voisine, mon bureau, et j'ouvris la radio. *Quel jour était-on?* Claudette dut me deviner car elle s'amena derrière moi et me tendit silencieusement le journal du matin. Jeudi, c'était jeudi! J'avais donc été absent, comme elle me l'avait dit, plus de vingt-quatre heures.

Cette fois, je ne perdis pas connaissance.

«Décommandez tous mes rendez-vous, dis-je en enlevant fébrilement ma blouse blanche.

— Les patients? fit-elle estomaquée.

— Demain!

— Vous allez perdre votre clientèle, vous...»

Je filai par ma sortie particulière sans plus l'écouter, bousculai une grosse femme qui se dirigeait vers mon cabinet («Écœurant!» gronda-t-elle sourdement sans me reconnaître) et je quittai en hâte l'édifice, situé — l'ai-je dit? — sur le chemin de la Côte-des-Neiges, au coin de la rue Sherbrooke.

3

Une idée m'était venue dès que j'avais repris conscience et, sans doute parce que j'étais entièrement fixé sur cette idée, je ne paniquai pas: si j'étais venu de Moscou par Aeroflot avec Gisèle, comme le voulaient mes délirants souvenirs, il y avait certainement trace de cela dans les registres de la compagnie soviétique. Aeroflot, si vous l'ignorez, a ses bureaux à l'angle de la rue de l'Université et de l'avenue du Président-Kennedy, et je sautai dans un taxi.

Je stoppai net comme j'allais pousser la porte du transporteur russe, avisai une cabine téléphonique un peu plus loin sur le trottoir et je courus m'y enfermer. Miracle? coup de chance?

J'ai un vieil ami d'origine russe, petit-fils d'un général de l'Armée blanche, avec qui j'ai étudié au collège. Il parle russe, bien sûr, et enseigne aujourd'hui à l'Université de Montréal, au département d'études slaves. Je l'appelai donc, même s'il y avait des années que je ne l'avais vu, et sans vraiment lui expliquer de quoi il retournait, je réussis à le persuader de venir me servir d'interprète.

Après de longs palabres et avec l'aide de Sergei — Sergei Polkin, mais il préfère qu'on l'appelle Serge —, j'arrivai à obtenir l'autorisation de consulter les registres.

Ni mon nom ni celui de Gisèle ne figuraient sur la liste des passagers du vol du mercredi. Je n'avais encore rien expliqué à Sergei, sinon le but de ma démarche, c'est-à-dire de retracer nos noms sur les listes, et il me regardait d'un air gêné tandis que je parcourais le document pour la troisième fois.

«Cherche, toi! dis-je en désespoir de cause, en poussant les papiers de son côté.

— Bon...»

Il s'y mit avec hésitation et trouva cependant aussitôt. Nulle trace de Gisèle, mais un nom à l'assonance russe, étrangement semblable au mien, y apparaissait: Gregori Rabinovkine. Je m'appelle Grégoire Rabouin.

«Qu'est-ce qu'il y a? demanda Sergei déconcerté. T'es bien pâle!

— Viens, on a besoin d'un verre.

— D'accord», fit-il, et il remercia l'employé en russe.

Nous allâmes au Pam-Pam, le fameux restaurant hongrois, à deux pas de là. Que dire à mon ami?

La solution la plus simple était de tout mettre sur le compte de l'alcool, de taire le côté ahurissant de l'affaire, et je lui racontai que je cherchais à savoir si, au cours de ma dernière grande cuite (j'employai le mot *brosse,* en fait), j'étais effectivement allé à Moscou, comme me l'avait raconté cette amie, Gisèle, qui disait être venue avec moi.

«C'est épouvantable, je me souviens de rien», conclus-je d'un air lugubre.

Le visage de mon ami s'éclaira. La vie reprenait pour lui son cours normal (il avait dû me croire affecté mentalement), et il partit d'un long éclat de rire en observant ma mine défaite.

«Incroyable! incroyable!» s'exclama-t-il à plusieurs reprises en tapant comme un sourd sur la table, au risque de renverser les verres.

Moi, évidemment, je ne riais pas. «*Suis-je devenu fou?*» que je me demandais avec une angoisse croissante, non sans surveiller les verres du coin de l'œil.

Sergei ne m'était plus d'aucune utilité et je l'expédiai, en prétextant qu'il me fallait rentrer au travail (Je n'aime pas mentir, mais cette fois j'aurais dit n'importe quoi tant j'avais besoin d'être seul pour mettre de l'ordre dans mes idées.) Nous échangeâmes adresses et numéros de téléphone, jurâmes de nous revoir sous peu et je déguerpis avant même qu'il ait vidé son verre.

«Je te fais signe, et merci encore, dis-je.

— Tchao», fit-il en s'efforçant de sourire, mais visiblement blessé par mon apparente désinvolture.

Je rentrai chez moi en taxi, car, aussi bizarre que cela paraisse, je n'ai pas de voiture. Des images, des souvenirs se bousculaient dans ma tête — mon voyage à Moscou avec toutes ses péripéties —, si précis qu'il me semblait maintenant impossible d'avoir imaginé tout cela. Je revoyais nettement, comme sous une loupe, jusqu'à la verrue du gardien de prison que Gisèle avait embrassé: une verrue jaunâtre, à la surface grumeleuse, et plantée légèrement au bas de la commissure droite des lèvres.

Quand je mis les pieds chez moi, boulevard Édouard-Montpetit (je n'ai jamais quitté le quartier que j'habitais étudiant), je frissonnais comme si j'avais eu une fièvre à tuer un cheval et, malgré moi, les dents me claquaient dans la bouche.

Bientôt, une sensation d'étrangeté m'envahit. Je me trouvais à ce moment-là assis dans un fauteuil, la tête entre les mains, et je levai anxieusement les yeux: il y avait quelqu'un dans la maison!

Quelque chose, en fait. Un cahier noir, que j'aperçus sur la table basse. Je le pris vivement, l'ouvris, et je me mis à lire sans chercher une seconde à savoir comment cela était entré chez moi. Les feuilles étaient lignées, le texte écrit à la main, d'une écriture d'une parfaite régularité.

Voici le mot à mot de cette hallucinante confession.

4

J'ai vécu (et je vis encore) une étrange aventure, au bout de laquelle je me suis trouvée être une autre, au point que je me demande parfois s'il n'aurait pas mieux valu que je reste qui j'étais. (Que c'est bien dit tout cela!) Mais tel n'est pas mon propos, je passe donc aux faits, c'est-à-dire au récit des événements qui ont fait de moi ce que je suis maintenant. Je tenterai d'être la plus brève possible.

Jusqu'à l'âge de trente-trois ans, ma vie ressembla à celle de tout le monde. Je viens d'une famille de la classe moyenne (mon père est agent d'assurances), je suis d'intelligence moyenne — je ne me leurre pas — et, enfin, j'ai étudié un peu plus longtemps que la moyenne des gens. Diplôme d'études collégiales, puis deux ans d'université, en faculté de philosophie, et puis crac! après avoir moult fois couché avec, j'ai épousé, à vingt et un ans, un confrère de faculté. Barbichette, lunettes, l'intellectuel type, enfin un concombre encore moins intelligent que moi comme je finis par m'en apercevoir après quelques années de mariage.

Un vrai désastre. Une fois mariée, j'enseignai un an comme professeur suppléant à la Commission des écoles catholiques de Montréal, et puis, vidée, sans force, dégoûtée de l'enseignement, j'abandonnai tout et m'enfermai dans mon appartement.

Je me mis à lire, à rêvasser, en un mot je perdais mon temps. Barbichette (je veux dire mon mari) enseignait dans un collège, et, pendant ce temps, avec moi au milieu, la maison devenait chaque jour de plus en plus sale.

Les joies du lit — connaissais pas, ou si peu.

Barbiche, malgré nos fréquentes parties de jambes en l'air, en était à peu près toujours au même point, et moi, à croire que je régressais.

Jusqu'ici, rien que de très ordinaire. Je m'ennuyais, je périssais lentement d'ennui. Le suc vital me quittait, comme un citron qui sèche sur un coin de table.

Huit ans que ça a duré.

À vingt-neuf ans, ne voyant plus d'issue (j'enlaidissais et maigrissais: de cent vingt-cinq livres le jour de mon mariage, j'étais passée à quatre-vingt-dix-huit), je me mis à courir les médecins. J'en vis je ne sais plus combien, mais cela ne donnait rien et même les visites chez les docteurs finirent par m'assommer. Maintenant, j'étais franchement laide, blême, et je paraissais dix ans de plus que mon âge.

Tout à ses pensées profondes (celles des autres, en fait, puisque à mon avis il n'a jamais accouché d'une seule pensée philosophique originale, et puis qu'est-ce que la philosophie?), Barbiche, je disais, tout occupé à rabâcher des idées puisées dans ses livres, semblait ne s'apercevoir de rien et, comme on dit, me fourrait (le beau mot!) avec régularité, mais je restais indifférente comme une planche.

Une nuit, je fis un rêve.

Un serpent vert sapin, mais en plus luisant et la peau couverte d'écailles, gros comme le poignet et long comme le bras, m'entra par le vagin et, après un temps plus ou

moins long passé dans mon corps, me ressortit par la bouche. Ce n'était pas un cauchemar — un rêve tout simplement: je n'eus pas peur, j'étais calme, ou plutôt indifférente.

Le cauchemar, ce fut le lendemain matin. En
m'éveillant (j'avais encore le souvenir de ce corps froid
me sortant par la bouche pour se glisser contre ma joue et
mon cou), j'ai vu, de mes yeux vu, le serpent traverser notre lit dans le sens de la largeur, en passant sur nos genoux, puis se couler par terre avec souplesse. Il m'a même
semblé l'avoir vu me jeter un regard du coin de l'œil.

Je suis restée dix minutes raide comme une barre,
assise dans le lit, les dents serrées à m'en briser les
mâchoires. J'étais en fait si pâle que Barbi, qui met habi-
tuellement une demi-heure à se réveiller vraiment, m'a re-
gardée avec étonnement et m'a demandé ce qui se passait.

Je n'ai rien dit, c'était mon serpent, pas le sien.

«J'ai fait un cauchemar», j'ai dit, et la conversation
s'est arrêtée là.

Quel rêve!… mais, me semblait-il, ce n'était plus
seulement un rêve.

La nuit suivante, idem. Toutou (mon serpent, comme
je l'appelle maintenant) me visita de nouveau les inté-
rieurs. Cette fois cependant il entra en se tortillant un brin
et j'eus un orgasme dans mon sommeil. Puis idem encore,
il me ressortit par la bouche.

À mon réveil, je le cherchai partout, avec plus de curiosité que de peur, mais il n'était pas là.

J'ai fait le même rêve trente-trois nuits d'affilée.
Chaque nuit, Toutou était un peu plus gaillard, si vous
voyez ce que je veux dire. Il s'attardait à l'entrée, le coquin, et puis une fois là-dedans il me malaxait les entrailles. Dans mon rêve, je mettais alors la main sur mon

ventre, et je sentais ses mouvements un peu mieux chaque nuit, comme j'imagine qu'une femme enceinte sent les coups de pied de son fœtus. Mais le matin, j'avais beau regarder partout, je ne le revis plus une seule fois.

Barbiche se mit assez rapidement à me jeter des coups d'œil suspects, car au bout d'une quinzaine de jours, je commençais à engraisser. Jusque-là livide comme une cancéreuse, ma peau devint blanche — un beau blanc lait relevé d'une imperceptible nuance de rose — et je continuai à prendre du poids.

En trente-trois jours seulement, je regagnai la chair que j'avais perdue et regrimpai donc à cent vingt-cinq livres. J'embellissais, je voyais ça dans mon miroir, et aussi aux regards goulus dont me gratifiaient les hommes dans la rue.

Barbiche, je précise, s'inquiétait. Comme disent les auteurs de romans policiers, j'avais l'impression, chaque fois qu'il me jetait un de ses regards fuyants, de voir lentement tourner les lourds engrenages de sa pensée; une idée originale lui était enfin venue: il me soupçonnait de le tromper.

La beauté est une bien belle chose. Moi, ça me rendit gaie à nouveau, je me remis à rire de tout et de tout le monde, et aussi à faire des mots d'esprit — une habitude de jeunesse dont j'avais même oublié que je l'avais eue, à cause du sérieux et de la bêtise lugubres de mon mari.

Le 21 juin 19... (c'était le matin qui suivait ma trente-troisième nuit de fête avec le serpent), Barbiche, qui était en vacances, partit à l'aube pour une excursion de pêche. Il avait accepté l'invitation d'un ami professeur et allait en Abitibi, je crois, où il devait rester trois jours. Je l'embrassai à son départ, et bon débarras! m'étais-je dit.

J'étais à manger un bol de Corn Flakes en rêvassant, encore toute chaude de mon rêve habituel, quand soudain l'impossible se produisit. En face de moi, là où aurait dû être assis Barbiche, une petite tête verte aux yeux jaunes se montra soudain par-dessus le bord de la table.

«Madame…» fit d'une belle voix grave cette créature en dodelinant de la tête comme pour me saluer et avec un vilain rictus qui pouvait passer pour un sourire.

Je fus si saisie que je faillis m'étrangler avec mes Corn Flakes. Je finis par avaler de travers, avec beaucoup de difficulté, et j'en eus mal à la gorge.

C'était Toutou — le rêve devenu réalité — et, me mettant à trembler, je réalisai que le serpent, malgré son semblant d'irruption dans la réalité le premier jour, n'avait été pour moi jusque-là que l'élément d'un rêve.

Brusquement, je me levai comme un ressort et ma chaise tomba, puis je restai de nouveau figée par l'épouvante comme le serpent se dressait en se balançant:

«Madame Gisèle a peur?» fit-il ironiquement, et il me fixait de ses petits yeux ronds, brillants comme deux pierres précieuses.

Un serpent vous a-t-il déjà adressé la parole? Je peux vous garantir que même s'il s'agit d'un serpent familier, comme l'était en quelque sorte celui-ci pour moi, cela vous glace.

J'étais toujours incapable d'articuler un mot. Pourtant, mon nom dans sa bouche m'avait un tantinet rassurée, car il me semblait que la bête me montrait par là qu'elle me connaissait vraiment (c'était donc à coup sûr le serpent de mon rêve) et qu'elle ne me voulait pas de mal.

Le reptile s'enhardit et, grimpant sur la table, il rampa avec souplesse et lenteur vers mon couvert.

«Touchez pas à mes Corn Flakes!» dis-je sottement.

Il sourit à sa manière:

«Ce n'est pas les Corn Flakes qui vous font engraisser et embellir», fit-il remarquer en penchant la tête d'un air tout ensemble câlin et moqueur.

Ce qu'on peut être bête! Malgré l'évidence, je n'avais pas vu de lien jusque-là entre mes relations nocturnes avec Toutou et ma beauté renaissante, mais du coup la connexion voulue s'effectua dans ma cervelle et je compris: c'était au serpent et à ses bienfaits que j'étais redevable de ce que je devenais!

Je dus changer d'air car le reptile, après un regard entendu, retraita vers la place de Barbiche. Il savait que j'avais compris.

«Asseyez-vous, finissez de manger», dit-il simplement, et il s'écrasa sur la table comme un chien qui se couche, là où est en temps normal l'assiette de Barbiche.

J'obéis et pris ma cuiller. Il était là, la tête droite au milieu de son long corps lové comme un câble, et semblait m'encourager par d'imperceptibles hochements de tête.

J'étais encore craintive et ne le quittais pas des yeux, mais j'avalai néanmoins une première bouchée.

Après quelques banalités du genre: «Vous aimez les Corn Flakes?» ou: «Moi aussi j'aime beaucoup le lait», histoire sans doute de me rassurer, il en vint à une conversation plus substantielle. Il mit Barbiche sur le tapis et, fort habilement, grâce à trois ou quatre questions posées avec doigté, il m'amena à cracher tout le venin que j'avais sur le cœur au sujet de mon mari.

Les serpents s'y connaissent en venin (hé! hé!): malgré les airs cauteleux de mon visiteur et ses mines faussement scandalisées devant ma hargne, j'eus nettement l'impression que mes propos le charmaient et qu'il buvait ça comme du petit-lait.

«Vous exagérez…» laissait-il tomber à tout propos d'un ton patelin, mais avec un air de doute et de défi voilé qui me mettait chaque fois un peu plus hors de moi.

Drôle d'affaire, car malgré ma haine croissante contre Barbiche, je parlais avec une froide colère, sans éclats.

«C'est un affreux crétin, disais-je, un cornichon qui marine dans sa bêtise et dans les idées des autres, tout en se prenant pour un génie.

— Il me semble que vous en remettez, fit-il, l'air de n'y pas toucher, et il se pencha pour prendre une *lapée* à la soucoupe de lait que je lui avais servie.

— Au fond, je le hais, ajoutai-je rêveuse.

— Vous le haïssez gros comment? *(Slurp* — il s'essuya la gueule d'un coup de langue: une langue très rouge, fine comme un vieux couteau à saigner maintes et maintes fois aiguisé.)

— Parlez-moi pas comme à un enfant: je le hais, c'est tout. C'est une vipère. Je lui écrabouillerais le cerveau.

— Une vipère. Hé! hé!»

Il rigolait. Pas moi. Je ne savais plus où me mettre car je réalisais ce que je venais de dire et je ne pouvais faire autrement que de penser que je l'avais insulté. Soudain, j'eus peur. Allait-il me mordre?

«Je ne suis pas une vipère — je suis d'une autre espèce. Je m'appelle Tournoukriel… et je ne mords pas», dit-il comme s'il avait lu en moi.

Je retombai vite sur mes pieds car, c'est curieux à dire, ma beauté nouvelle m'a donné une confiance en moi comme je n'en ai pas connue de toute ma vie. Je déclarai:

«Je vous appellerai Toutou, à moins que vous ayez des objections.

— Vous, ce sera Toutoune», répliqua-t-il, et vif comme l'éclair il fut sur moi puis (croyez-le ou pas) il m'embrassa sur les lèvres.

Je rougis.

«Hi! hi! hi! hi!» fit mon nouvel ami en se tordant littéralement de rire sur la table, sous mon nez. Je mis la main en rempart sur ma tasse de café pour éviter qu'il n'y plonge la queue par accident.

Il se calma, puis:

«Soyons sérieux, dit-il. Ce n'est pas un hasard si vous embellissez. Vous êtes même, ma foi, extrêmement appétissante.»

En fait, j'avais devancé sa pensée, ou du moins ses paroles, car il n'avait pas fini de prononcer son *Soyons sérieux* que l'idée — j'avais déjà oublié — me frappa de nouveau comme un coup de matraque: c'était à lui, serpent, à une mystérieuse opération dirigée par lui, que je devais ma beauté naissante.

«Tout cela…, poursuivait-il.

— … c'est à vous que je le dois.

— Oui. Et vous êtes belle comme une femme enceinte.»

Il avait beau être là depuis plus d'une heure, et j'avais beau être déjà habituée à lui, un frisson d'horreur me parcourut. Car de quoi étais-je enceinte, sinon de lui, d'une certaine manière?

«J'ai une requête à vous faire, enchaîna-t-il. J'ai perdu mon gîte habituel, et je voudrais pouvoir m'installer dans votre ventre. J'en sortirais à mon gré, comme on sort de chez soi, dans le cas présent par le chemin habituel, que vous connaissez.

— En rêve… en rêve ou en réalité? demandai-je, étourdie par la demande.

— Les deux. (Je restai muette.) En retour, vous auriez quatre dons: celui de vous changer en serpent à volonté, celui de changer en serpents vos amoureux, le don d'ubiquité et enfin le pouvoir de doter vos amoureux du don d'ubiquité. Marché conclu?»

Ma cervelle restait en panne, même chose pour ma langue. Cependant, contrairement à une certaine personne de ma connaissance, je ne tombai pas dans les pommes, quoique j'étais pour le reste tout aussi paralysée.

Je répondis comme machinalement, en faisant non de la tête: pour une première vraie rencontre, malgré nos trente-trois nuits, c'était vraiment trop.

«Réfléchissez, dit-il. Si vous dites non, je disparais, je vous abandonne à votre sort, et vous redeviendrez laide comme une déterrée.»

Puis il me fit un clin d'œil et, comme s'évanouit une hallucination, il ne fut plus là. *Il avait disparu.*

Moi, la nigaude, je me mis à pleurer. Plus de Toutou! M'avait-il abandonnée?

Je m'inquiétais pour rien. Tournoukriel me revint dès la nuit suivante, mais, pourrait-on dire, de façon fugace. En ce sens que je le sentis à peine et que mon rêve, au lieu d'être clair et net comme à l'accoutumée, resta tout à fait flou, inconsistant, au point que je pouvais me demander si j'avais bel et bien rêvé. Inutile de dire que je n'éprouvai rien de ce que j'avais l'habitude d'éprouver.

J'en fus soulagée. Après y avoir repensé, l'étrange demande du serpent m'avait horrifiée et j'avais désiré couper les ponts avec lui. Les choses s'améliorèrent ou empirèrent (selon le point de vue) les nuits suivantes: le reptile se ramenait, mais sa présence, auparavant quasi réelle, était chaque nuit plus évanescente. Je ne le sentais pour ainsi dire plus, et son image perdait peu à peu toute matérialité.

Le matin du cinquième jour, je me rendis compte, en montant sur le pèse-personne, que j'avais perdu quatre ou cinq livres et, dans la glace, mon visage me parut avoir blêmi. La peur me prit, mes sentiments changèrent d'un coup et je souhaitai de toutes mes forces sentir et revoir Toutou.

Notre lune de miel recommença à partir de ce moment. Sa présence et son souvenir se précisèrent nuit après nuit et, bientôt, quand je rêvais à lui, je me tordais et bougeais tellement dans mon sommeil qu'il m'arriva plus d'une fois de réveiller Barbiche. Disons, pour être brève, que c'était bien des fois encore mieux que pendant les trente-trois premiers jours et, aussi, que j'embellis à une vitesse fulgurante, tout en prenant encore un peu de poids. Sacré Toutou! Le plus drôle est que Barbiche, dont les soupçons s'étaient rallumés, s'assombrissait à mesure que moi j'embellissais et prenais du mieux.

Le matin du soixante-dix-septième jour (en comptant à partir de la première nuit où j'avais rêvé au serpent), une idée me vint soudainement peu après le départ de mon mari pour le collège. Jamais je n'avais pensé à cela et l'idée sembla me tomber du ciel: je voulais partir, planter là mon imbécile de philosophe, et c'est ce que je fis en deux temps, trois mouvements.

Deux valises vite faites, retrait de mes maigres économies de mon compte d'épargne, et j'allai louer une chambre près du square Saint-Louis. Une chambre miteuse, au papier peint défraîchi à motifs de moulins à vent, mais je voyais un bout de square entre deux rangées de façades et je riais toute seule de bonheur.

Je ne raconterai pas dans le détail la scène qui suivit, dans la nuit, entre moi et Toutou: cela ne regarde que lui et moi. Toujours est-il qu'il m'apparut pour la troisième fois, au début de la nuit, alors que je marchais toute nue dans la chambre à la lumière d'une chandelle que j'avais apportée dans mes bagages.

Il s'installa par terre à mes pieds (j'occupais l'unique fauteuil de la pièce, un gros vieux meuble avachi de velours violet) et nous eûmes une longue conversation dans la demi-obscurité. Au bout de quelques heures, le pacte était conclu: j'écartai les cuisses, Toutou se hissa sur mes genoux et gagna son gîte.

Maintenant, je ne suis plus la même femme. Je suis même différente des autres êtres humains. Je donnerai tantôt au moins un exemple de ma nouvelle nature car tout cela est simple et à la fois difficile à expliquer.

Revenons momentanément à Barbiche. Pas si bête, le cornichon, tout compte fait. Trois ou quatre jours après ma disparition du domicile conjugal, un soir que je revenais de souper et rêvassais dans mon fauteuil, on frappa à ma porte pour la première fois. C'était lui.

Très doucement, sans se fâcher, le petit professeur m'interrogea et voulut savoir ce qui arrivait. L'imbécile! Je lui ris au nez, je le crucifiai par quelques paroles bien senties puis, sans rien lui expliquer, je le mis à la porte.

Comme une sangsue, il revint deux jours plus tard. D'abord, j'assouvis ma curiosité et je lui demandai de m'expliquer comment il m'avait trouvée. Tout bonnement, raconta-t-il avec naïveté (plutôt que de mentir et de tenter de m'impressionner par quelque tour de malice), en me cherchant à l'heure des repas dans les restaurants des deux coins de la ville qu'il savait que j'aimais le plus, aux alentours des rues Saint-Denis et Crescent. Il m'avait ainsi aperçue quelques jours plus tôt, rue Prince-Arthur, au moment où je sortais d'un bar-restaurant, et il m'avait suivie.

Mais passons, c'est sans intérêt.

Commença ensuite le grand jeu. Protestations d'amour d'une voix grave, dissertations sur la difficulté des rapports humains, rappels de ce qu'il considérait comme les bons moments que nous avions passés ensemble — le crétin devenait éloquent, un peu plus et je l'écoutais. Je blague… En fait, sitôt ma curiosité satisfaite, Barbiche me cassait sérieusement les pieds, et à mesure qu'il parlait je sentais la haine augmenter en moi. Mais je suis crasse: histoire de le faire tomber des nues, je m'étais composé une mine faussement attendrie et je faisais le joli cœur.

Il en revenait aux protestations d'amour quand, pour couper court, et alors que je le regardais toujours de mon air d'amoureuse, je lui crachai soudainement à la figure. J'éclatai de rire devant sa mine (il avait le visage tordu par la surprise ou la souffrance, quelque chose comme ça, en tout cas l'air de quelqu'un frappé par la foudre), puis j'allai ouvrir la porte:

«Sors! Je veux plus jamais te voir», dis-je froidement.

Il partit sans un mot, sans même avoir le courage de se venger par un coup ou une parole blessante, aussi malheureux qu'un chien qu'on chasse. La porte refermée — j'entendais encore ses pas lents et lourds dans le corridor —, je savourai la scène, confortablement assise dans mon fauteuil de velours, puis l'instant d'après je chassai cet imbécile et nos souvenirs communs de mon esprit.

J'avais autre chose à faire. Le soir même, je devais revoir un superviseur d'émissions dites d'affaires publiques de Radio-Canada, que j'avais rencontré deux soirs plus tôt dans un bar de la rue Saint-Denis. Officiellement, s'agissait de parler affaires: je lui avais dit qu'il me fallait gagner ma croûte, et il m'avait promis de s'informer des postes vacants dans son service et de m'en reparler. Officieusement, je voulais faire des affaires… en lui ouvrant bien grandes mes cuisses, ce qui, je le sentais, était le plus sûr moyen d'obtenir une place rapido.

Malheureux Barbiche! Une semaine plus tard, alors que je le croyais rayé pour de bon de ma carte, il me relança à nouveau chez moi.

Ce fut plus fort que moi: dès que j'ouvris la porte et que je l'aperçus, mes mains se tendirent d'elles-mêmes et je lui enfonçai mes ongles dans la gorge pour l'étrangler.

«Si je m'écoutais… si je m'écoutais», que je grognais, enragée raide (il commençait déjà à émettre de bizarres gargouillements, sans se défendre d'aucune manière).

Je serrais de toutes mes forces. Il violaçait.

«… je te changerais en crapaud!» achevai-je.

Il m'échappa, pour ainsi dire, et à la mauvaise lumière de l'ampoule qui éclairait le corridor, je vis à mes pieds un crapaud brunâtre, qui me regardait comme dans un conte de fées.

J'aurais été Barbiche, ou plutôt le crapaud, que je n'aurais pas été plus estomaquée. Et puis zouf! quelque chose de vert me sortit de la bouche avant que je sois revenue de ma surprise, tomba sur Barbiche et le goba aussi sec. C'était le bon Toutou.

«Rentrons», fit-il aussitôt Barbiche avalé, en jetant un regard inquiet sur les portes voisines. Et déjà lourd de ce poids sur l'estomac (on aurait cru qu'il venait d'avaler une balle de tennis d'une bouchée) il me suivit dans la chambre d'une reptation disharmonieuse.

Peut-être Barbiche était-il plus coriace qu'il n'en avait l'air, toujours est-il que mon ami, à ce qu'il me raconta, eut de sévères hoquets une bonne partie de la nuit. En rentrant au matin (j'avais découché encore une fois à cause de mon superviseur) je vis que la boule qui lui gonflait le corps avait néanmoins rapetissé. Barbiche était déjà à moitié digéré et Toutou, maintenant moins somnolent que la veille, réussit à regagner son gîte. Étonnante expérience, compte tenu du fait qu'il n'avait plus sa vivacité ni sa sveltesse habituelles.

Inutile de dire que j'étais aux anges: plus de Barbiche pour me barrer la route, un ami sûr dans un lieu sûr, et puis, à ce qu'il me semblait, un job en vue à Radio-Canada. Oublieuse nature humaine! J'avais oublié le plus beau, les dons promis par Tournoukriel, aussi étrange que cela puisse paraître, et c'est seulement une fois entrée à Radio-Canada que j'en fis l'essai.

Un mois, donc, après ma rencontre avec le superviseur dont je parlais tantôt, j'obtenais — conformément à mes plans — un poste à Radio-Canada. Un emploi *bébête*: j'étais secrétaire du fameux superviseur. Essentiellement, je tapais quelques lettres, prenais ses appels téléphoniques et arrosais les plantes.

On m'installa dans un sous-sol sans fenêtres, là où sont tous les bureaux des gens des nouvelles et des affaires publiques, dans une pièce à cloisons de verre où tout le monde pouvait me voir, d'autant plus que je tenais constamment ouverts les rideaux ajourés supposés me procurer une certaine intimité.

Avec tout ce que j'ai maintenant à offrir grâce à Toutou, ce ne fut pas long — malgré la jalousie venimeuse de deux ou trois pimbèches — que je me trouvai intégrée au groupe. J'assistais aux réunions de planification du matin et, au bout d'environ un mois, avec des sourires, des pull-overs moulants, une certaine façon de croiser les jambes et aussi, de temps en temps, une remarque judicieuse sur l'actualité ou un projet de reportage, le «fun» commença comme on aime dire ici: les patrons, les réalisateurs, les interviewers et les recherchistes m'invitaient à manger avec eux, et bientôt j'eus aux fesses une flopée de soupirants.

Mais j'ai beau avoir la cuisse légère comme une plume, j'étais prudente et je n'acceptais les hommages que de mon superviseur, car je voulais éviter les faux pas.

Jamais compris comment pareil personnage avait pu accéder à un tel poste: sans être bête, le gars n'avait aucune espèce de culture, sinon les bribes qu'il attrapait dans les journaux (il ne lisait que ça) et, très vite, car j'étais un puits de science à côté de lui, je me mis à le travailler au corps, à le boucher, mine de rien, avec mes connaissances. Le plus drôle est qu'il s'était follement amouraché de moi! Conclusion: au bout de six mois, il rampait à mes pieds et il envoya alors tout promener, femme et enfants (un divorce en bonne et due forme), pour moi qu'il appelait «Gigi»….

Gigi mon œil. Je n'avais plus besoin de lui (j'avais maintenant obtenu le statut d'employée permanente), ce qui fait qu'il avait cessé de m'intéresser. Je refusai donc de m'installer avec lui dans l'appartement qu'il avait pris rue du Parc-Lafontaine et, quelques semaines plus tard, je plantai là l'idiot et je passai scripte.

J'en viens au fait.

Un peu avant le divorce de mon superviseur — et après de savants calculs —, j'étais devenue la maîtresse d'un réalisateur du service des informations de la télévision: un beau gars, un viveur, un peu sot sur les bords mais néanmoins beaucoup plus intéressant que le superviseur. Mes cuisses m'ouvrant toutes les voies et lui étant sur le point de perdre sa scripte (enceinte), j'avais enfin répondu à ses avances, contre la promesse qu'il me prendrait près de lui. Ce qui fut fait.

C'était un garçon ambitieux, qui désirait prendre du galon, comme disent nos amis français. Pas n'importe quel galon: ce qu'il voulait, ce n'était pas une *fiole* dans

l'administration (des jobs pour demeurés), mais un poste
de cadre dans les services d'information, quelque chose
comme superviseur, rédacteur en chef de quelque émis-
sion prestigieuse, ou alors directeur de secteur, nouvelles
ou affaires publiques.

J'entrai en scène, pour mettre à l'épreuve mes nouveaux pouvoirs.

Comment? Jusque-là, ce qui peut sembler bizarre, je
n'avais pas une seule fois fait usage des dons que m'avait
accordés Tournoukriel. J'avais peur, tout cela au surplus
me paraissait irréel et, pour tout dire, je ne savais même
pas comment procéder. Comment se transformer en serpent et comment surtout revenir à sa forme première?
comment se transporter ailleurs grâce à l'ubiquité et comment par la suite redevenir un? comment changer en serpent un amoureux? etc. En fait, je ne voulais même pas y
penser — ainsi va la nature humaine — et j'avais presque
oublié l'existence des fameux dons, si tant est que je les
eusse.

«Tu n'as jamais essayé? me demanda un soir Toutou
qui m'avait remplacée dans la baignoire et nageait indolemment pendant que j'achevais ma toilette.

— Essayer quoi?

— De te changer en serpent.»

Mon cœur fit un bond dans ma poitrine. Silence.

«Tu ne réponds pas? reprit-il enfin.

— Je n'y... je n'y crois pas», dis-je en tentant de lui
cacher mon trouble.

Quelle aventure!

Les mots n'avaient pas fini de franchir mes lèvres
que je me retrouvai dans l'eau avec Toutou. J'allais couler... mais instinctivement les muscles de mon long corps
se mirent en mouvement et je me mis à nager avec des

mouvements rapides et nerveux. J'étais devenue, disons-le, un serpent.

«Eh bien, Toutoune? s'enquit le compère.

— Comment… co… comment j'ai fait? bredouillai-je.

— Ce n'est pas toi, c'est moi qui t'ai transformée en serpent.

— J'ai peur! sifflai-je, et, d'une détente de tout le corps, je me hissai sur le bord de la baignoire où je me lovai frileusement. Je veux redevenir moi!

— C'est quoi, toi?»

Toutou décrivait lentement des S et des boucles dans l'eau, en me jetant parfois un coup d'œil.

«C'est quoi? répéta-t-il d'une voix sèche.

— Comment on fait? Je veux redevenir Gisèle, redis-je, la tête humblement courbée. Comment?

— Tu n'as qu'à le vouloir.

— Je le veux! protestai-je. (J'avais maintenant une peur bleue de ne plus pouvoir reprendre ma forme humaine.)

— Tu ne le veux pas assez.»

Je fis alors un acte de volonté réel, et je me retrouvai, sous ma forme humaine, toute nue, les deux pieds dans l'eau et assise sur le bord de la baignoire.

Rien, si ce n'est comme un léger et fugitif brouillement de l'air, n'avait marqué ma transformation.

Toutou stoppa à mes pieds et, la moitié du corps sortie de l'eau, il me demanda:

«Qu'est-ce que tu en dis?

— C'est…»

Je ne trouvais pas mes mots, mais je jugeais la chose si extraordinaire, si merveilleuse et à la fois si simple que, du coup, je voulus redevenir serpent et glissai dans l'eau en reprenant instantanément ma forme seconde, cette fois par ma volonté propre.

Comment dire? Encore maintenant, je ne vois pas trop comment expliquer ce que c'est que d'être un reptile. Tout ce que je peux dire est qu'on ne souffre pas d'être dépourvu de membres (on a de beaux crocs pointus et une poche de venin pour se défendre), le changement majeur étant, en ce qui regarde les sensations internes, la chaleur, ou plutôt la froideur du corps. Aussi, l'eau qui m'avait paru quasi froide quand j'y avais les pieds, me semblait délicieuse maintenant — toutes choses que je n'avais pas remarquées à cause de mon anxiété, au cours de ma première transformation.

«C'est incroyable! incroyable!» que je répétais.

Je nageais aux côtés de Toutou et puis, par jeu, il se jeta soudain sur moi et comme un fouet il m'entortilla dans ses anneaux. Je fis de même et nous roulâmes au fond de l'eau.

«Qu'est-ce que je suis? demandai-je en revenant à la surface et en m'ébrouant. Un mâle ou une femelle?

— Tu es comme moi: tu es une sorte de reptile particulier. Tu n'as pas de sexe.

— Ça me déçoit. J'aurais aimé être un mâle momentanément. Même un serpent mâle.

— Tu n'as pas besoin de queue, tu es une queue, ricana Toutou.

— Ce n'est pas pareil», dis-je avec mécontentement.

Je me lasse vite de tout, quelle que soit ma forme — femme ou serpent — et j'ajoutai aussitôt (j'en avais marre de l'eau de la baignoire):

«Qu'est-ce qu'on fait?»

Toutou se tourna vers moi, puis, sans un mot, il me fixa de ses petits yeux jaunes à l'expression méchante. *Trou de conscience* — ce fut comme si j'avais été précipitée dans le néant, comme si, en d'autres termes, j'avais subitement cessé d'exister.

Impossible de dire, encore aujourd'hui, combien de temps cela dure, car le propre de ce passage du simple au double (l'ubiquité) et du trou qui l'accompagne, est justement d'être comme une brisure du fil temporel. On est ici; puis nulle part; et puis à deux endroits à la fois.

Quand je revins à moi, j'étais donc toujours dans la baignoire avec Toutou, mais j'en avais conscience seulement comme d'une réalité au second plan; au premier plan, j'étais dans quelque chose de noir, une garde-robe ou un placard plongé dans l'obscurité, au milieu d'un fouillis de chaussettes sales, de bottes et de chaussures qui empestaient les pieds.

«Où on est? demandai-je anxieusement, car je sentais la présence près de moi de Toutou. Ça pue!

— Baisse le ton, murmura-t-il. Écoute!»

Un bruit de voix masculines, grasses et avinées, nous parvenait de l'autre côté de la porte. Puis j'aperçus entre les chaussures, au bas de la porte, un rai de lumière jaune. Il y avait là un espace, entre le battant et le plancher, suffisamment grand pour que nous puissions passer la tête.

«On regarde? demandai-je à voix basse.

— Écoute d'abord!» ordonna de nouveau Toutou.

Je cessai de bouger et j'écoutai. Ils étaient deux.

«Crois-moi, la vie est belle! disait l'un d'une voix puissante. (Silence.) Abonde dans mon sens, dis que la vie est belle!

— La vie est une crotte», dit l'autre d'une voix lugubre.

Suivit un bruit de verre comme s'ils se servaient à boire.

«Nous serions plus heureux si nous étions des gens ordinaires, si nous n'avions pas de lourdes responsabilités, reprit celui à la voix lugubre.

— Pourquoi? (Ils devaient boire ferme: les bruits de verre continuaient, et j'entendais à chaque instant des bruits de bouche et comme le gargouillis de flots d'eau dévalant une gouttière.)

— Pourquoi? Parce que nos responsabilités font de nous des privilégiés, des princes, expliqua le gars à la voix triste. Et nous avons mauvaise conscience d'être des privilégiés, d'où notre malheur, d'où que la vie est une crotte. Voilà mon avis!

— T'as parfaitement raison! s'écria inopinément son compère, et il y eut là-dessus un bruit de chaise tombant par terre comme s'il s'était levé brusquement et avait renversé son siège.

— Qu'est-ce que tu fais? demanda son compagnon sur le ton de la surprise.

— Je me déshabille, je me dépouille! Sers-moi un coup. (Nouveau bruit de verre.) Je me dépouille, et puis je m'en vais aller vivre une vie d'homme ordinaire et être heureux», reprit-il.

Je ne comprenais plus rien: à quoi rimait cette scène grotesque? Comme s'il avait deviné ma pensée, Toutou me glissa alors à l'oreille:

«Nous sommes dans un appartement de Moscou. Ce sont des officiers supérieurs de l'armée soviétique. Ils parlent russe, mais l'ubiquité fait aussi que tu peux comprendre et parler la langue du lieu où tu te trouves.

— Je vois, dis-je simplement, car je vivais maintenant dans l'extraordinaire et ne m'étonnais plus de rien. On regarde? ajoutai-je.

— On peut; ils sont soûls», dit Toutou.

Nous glissâmes alors nos têtes plates sous la porte.

La pièce, à la fois séjour et salle à manger, était très grande et mal éclairée, meublée de meubles lourds et sombres, passés de mode, les plafonds très hauts. Le plus gros des deux Russes était debout, ses vêtements d'uniforme par terre autour de lui, et achevait d'enlever son pantalon. Quand il eut fini, son compagnon à la voix lugubre déclara, sibyllin:

«Inutile, Kostia.

— Vodka, dit l'homme en caleçon en tendant son verre, et l'autre le lui remplit. Pourquoi inutile? reprit-il après avoir sifflé l'alcool.

— Tu ne pourras pas mener une vie d'homme ordinaire, expliqua Lugubre, un petit gaillard maigrelet aux cheveux ras, laid comme une sorcière. D'abord, nous devons reprendre le service (il consulta sa montre)… dans trente minutes. À onze heures. Ensuite, tu prendrais froid en sortant ainsi.

— Tu… tu crois? demanda le gros.

— Va jeter un coup d'œil par la fenêtre. Tu verras quel temps il fait.»

Le gros y alla.

«C'est vrai. Ça semble froid, dit-il, le nez contre la vitre.

— Tu voudrais mener une vie d'homme ordinaire que ni le Parti ni l'Armée ne te le permettraient, poursuivit Lugubre. Pour le peuple, ce serait d'ailleurs un très mauvais exemple, ce serait la preuve que la Révolution n'a rien changé et qu'il y a encore des princes. Si on peut se dépouiller, c'est signe que… tu vois ce que je veux dire.»

Le gros se retourna, la mine défaite:

«La vie est une crotte, dit-il sombrement. Nous ne sommes pas libres.

— Pour nous, prends-en ma parole, la vie est belle, corrigea Lugubre. Remets tes culottes.»

Toutou en avait manifestement par-dessus la tête et s'était mis à gigoter:

«Au diable ces crétins, fit-il. Partons: fais un acte de volonté.

— Un instant», dis-je.

Et, m'élançant en avant, je glissai sous la porte et passai sous le nez des officiers. Ils se figèrent, blêmirent, ouvrirent la bouche toute grande, et puis je voulus n'être que dans ma baignoire. *Trou de conscience…*

… et j'y étais.

«Très drôle!» s'exclama Toutou en riant.

Je ris un bon coup moi aussi (j'étais toujours serpent), puis je demandai:

«Est-ce que je peux utiliser mon don d'ubiquité sous… enfin sous mon autre forme? (J'hésitais à parler de mon humanité car j'avais l'impression que ç'aurait été faire injure à Toutou qui n'était, à mes yeux, qu'un pauvre serpent.)

— N'aie pas peur des mots, ricana mon compagnon. L'homme est dans la nature ce qu'il y a de plus proche du serpent. Pour répondre à ta question: oui, tu peux user du don d'ubiquité sous ta forme humaine.»

Je redevins Gisèle (simple question de volonté) mais j'avais oublié que je me trouvais dans la baignoire, et il me fallut m'essuyer en en sortant.

J'étendis soigneusement la serviette sur un porte-serviettes, tout en songeant à ce que venait de dire Toutou.

«Je fais un essai», dis-je, soudain décidée.

Je fermai les yeux, serrai les dents et je me concentrai. Zip!

Après le fameux trou de conscience, je me retrouvai, conformément à mon désir, au beau milieu du passage principal des galeries de la Place Ville-Marie, en face d'un magasin de chaussures.

Impossible de savoir si c'est le fait de voir quelqu'un se matérialiser soudain sous leurs yeux, ou ma nudité, qui frappa le plus la bande de beignets qui y déambulaient encore (il était onze heures trente du soir passées).

En me voyant, ceux au milieu de qui j'étais apparue stoppèrent net, glacés par la peur et la surprise, tandis que les autres qui ne m'avaient pas encore aperçue se cognaient aux premiers. Histoire de ne pas manquer mon effet, j'arrivai les bras en croix, comme une apparition. Je souriais à la foule.

Le premier moment de stupeur passé, quelques femelles, dont une toute jeune adolescente, se mirent à pousser des cris stridents, un vieux qui me regardait pardessus ses lunettes porta la main à son cœur — et je pimentai la scène en me mettant tout de go à rire comme une folle. (En même temps, j'étais toujours chez moi dans la salle de bains, et Toutou, comme s'il savait par quelque sortilège ce que je faisais et me voyait aussi Place Ville-Marie, se bidonnait comme un bossu dans la baignoire.)

Mon rire créa un mouvement de panique, on se bouscula pour s'écarter de moi, et je corsai encore les choses en commençant à sauter sur place et à pousser des cris incohérents. La main toujours sur le cœur, le petit vieux s'éloignait lentement à reculons sans me quitter des yeux, en rasant les murs, et je lui tirai la langue.

Toute vie s'était arrêtée dans le restaurant d'en face: immobiles comme sur une photographie, bouche bée, les quelques clients restants et les serveuses me fixaient par les cloisons vitrées comme si j'avais été un Martien tombé de sa planète.

Et puis merde — ou marde! Je quittai l'endroit et réintégrai mon corps, que j'avais à moitié laissé dans ma salle de bains.

«Bravo! bravo! si j'avais des mains, j'applaudirais!» s'écria Toutou.

J'étais haletante, tout excitée et en même temps très fière de moi:

«Tu as vu? lançai-je.

— Très drôle! très drôle!»

Ce fut plus fort que moi: je me jetai sur Toutou que je pris à deux mains et, le tirant de la baignoire, j'embrassai fougueusement son museau tout froid.

«Que je suis heureuse!» m'exclamai-je.

Revenons-en à mon réalisateur et au poste de cadre qu'il convoitait.

Ce poste, je m'étais mis en tête de le lui obtenir. Mon idée était simple: obligée de gagner ma pitance, je tenais mordicus à m'amuser le plus possible en même temps, et cela me semblait un excellent divertissement de comploter en vue d'élever mon réalisateur à une fonction supérieure. C'était également, comme je crois l'avoir dit, l'occasion de tester les dons que je tenais de Toutou et aussi de voir ce qu'il y avait de changé en moi depuis ma rencontre avec lui. Car j'avais beau me savoir capable des pires entourloupettes pour arriver à mes fins, encore me fallait-il passer à l'action pour voir.

J'eus d'abord, dès le lendemain, au dîner, une longue conversation avec mon amant au sujet des postes qui l'intéressaient vraiment; il en guignait une dizaine, tant à la radio qu'à la télévision, m'apprit-il, mais quatre seulement, tous du côté de la télévision, le tentaient réellement.

On n'entreprend pas une telle campagne sans le plus d'informations possible, et je le fis donc ensuite longuement parler des fonctions des titulaires en place, de leur influence respective au sein de l'appareil *radio-canadien*, des rivalités qui les opposaient, des points faibles de chacun, etc. Bref, le vrai topo.

Dans l'après-midi, après l'enregistrement d'une interview, je repris la conversation où nous l'avions laissée (nous étions maintenant dans son bureau) et je demandai à mon réalisateur un portrait détaillé du processus de prise de décision, des réunions que cela impliquait, si on procédait beaucoup par téléphone, etc.

Monsieur était du genre léger et, pour le satisfaire, je dus couper mon enquête d'une partie de jambes en l'air sur son tapis chinois. Tout a sa conclusion, et cela fait je pus me remettre à le questionner.

La journée terminée, je savais à peu près tout ce que je voulais savoir, jusqu'aux numéros de porte des salles où se tenaient les différentes réunions hebdomadaires.

L'une d'elles, qui groupait tous les réalisateurs des services des nouvelles et des affaires publiques de la télévision, avec les cadres concernés, avait lieu le lendemain, qui était jeudi.

J'en fus.

La réunion du jeudi avait pour but de faire le point sur la semaine en cours et, surtout, la préparation du programme de la semaine suivante. Officiellement, on demandait aux scriptes d'y assister mais, en pratique, pas une fille n'y allait et toutes profitaient de ce moment pour faire des courses. C'est que la réunion était atrocement longue (deux à trois heures) et que, essentiellement, la trentaine de personnes qui formaient ce groupe sélect passaient la majeure partie du temps à se lancer des pointes et à se déchirer entre elles, mine de rien. Croustillant, mais à la longue forcément ennuyeux puisque le spectacle était en somme toujours le même. Néanmoins, j'avais décidé d'assister à au moins une de ces réunions, car tous les titulaires des postes sur lesquels mon réalisateur avait des vues s'y retrouvaient et je voulais étudier sur le vif les rapports de force existant entre eux.

J'en fus, en ce sens que sitôt la réunion commencée je me changeai en serpent dans le bureau de mon réalisateur et me transportai illico — sur les ailes de l'ubiquité — sous la grande table ovale autour de laquelle ces messieurs dames faisaient cercle.

J'étais passablement troublée (c'était la première fois que je me servais de mes pouvoirs sans la présence de Toutou à mes côtés) et surtout j'avais fort à faire car les gens bougeaient les pieds et, craignant d'être écrasée, je devais sans cesse me déplacer.

Quel ennui! Comme à son habitude, le grand patron de tout ce beau monde, sous couleur de les consulter, se lança dans un interminable monologue, en soignant sa diction.

Une envie folle me démangeait: je fixais les souliers vernis de l'abruti, et, pour le faire taire, je rêvais de lui planter mes crocs dans le cou-de-pied, ou mieux, le gras de la jambe. Il parlait, parlait… quand, n'y tenant plus, je m'élançai et lui appliquai un coup de museau sur le tibia. Un museau de serpent, c'est dur comme du bois, et j'imagine qu'il dut avoir mal.

«… il faut donc, si nous voulons que la télévision remplisse sa mission», récitait-il l'instant d'avant, manifestement enchanté des accents de sa propre voix — et il s'était arrêté net.

Silence.

Mais la logorrhée le reprit et il enchaîna:

«… car la mission de la télévision…»

«Je vais t'en faire une mission!» m'exclamai-je intérieurement, et pan! sur la patte une deuxième fois.

Il jeta un regard rapide sous la table, mais déjà j'étais cachée derrière un pan de robe, à l'abri des coups d'œil indiscrets.

Puis il éclata, outré, blessé dans sa grandeur:

«Si quelqu'un me donne encore un coup de pied, je… un peu de respect!» s'écria-t-il d'une voix tonnante.

Un silence de mort tomba sur l'assemblée.

J'aurais voulu rire mais la facétie pouvait se révéler dangereuse: s'il regardait sous la table plus longuement (comme il en était sans doute capable), j'allais devoir partir et, même si je ne savais plus trop ce que je pouvais en retirer, je voulais rester.

Mon intervention eut du bon car son monologue (ce qu'il appelait «mon dialogue avec vous tous») ne dura finalement qu'une quarantaine de minutes.

Puis j'écoutai, d'une oreille seulement, la conversation générale qui suivit. Cela allait à hue et à dia et me paraissait sans intérêt.

Bruits de chaises, c'était enfin fini, on partait.

Je restai encore, par acquit de conscience, tandis que les gens sortaient.

Récompense de ma patience, je surpris alors une passionnante conversation entre trois cadres restés seuls et qui tous, me semblait-il, devaient aspirer à monter plus haut — si j'en jugeais par le fiel de leurs propos.

Tant que les autres ne furent pas tous partis, ils parlèrent métier, puis une fois seuls, comme d'un commun accord, ils tombèrent sur un morceau de choix, Sauvette, le grand patron.

«Il devient gaga.

— Si ça continue, il va falloir demander de toucher des jetons comme aux séances des conseils d'administration de compagnie. Quel idiot!

— Con comme la lune, dit le troisième.

— Si Sauvette n'assistait pas aux réunions, reprit le premier, elles pourraient peut-être servir à quelque chose.

— Le gars qui lui a donné des coups de pied a eu une maudite bonne idée», dit le deuxième.

Rires.

«Qui c'était? reprit-il.

— Je sais pas, mais si j'avais eu le pied plus long, je lui en aurais donné un moi aussi!» fit le premier.

Nouveaux rires, et cela continua sur ce ton.

Quand j'en sus assez, je réintégrai en vitesse le bureau de mon réalisateur (il était moins cinq: il était à la porte et allait entrer, et je ne voulais pas être surprise sous ma forme de reptile), puis, subito presto, je redevins Gisèle.

J'ai beau avoir le pouvoir de me changer en serpent, j'ai une mémoire d'éléphant. Le soir, donc, de retour chez moi, je mis sur papier, textuellement, l'intéressante conversation que j'avais écoutée, en identifiant chacun des trois interlocuteurs. J'ajoutai à cela une courte lettre anonyme, adressée au bon monsieur Sauvette, où je l'invitais à prendre connaissance de ce que ses subordonnés disaient de lui dans son dos. J'arrivai à Radio-Canada le lendemain vers les huit heures et quart, alors que les bureaux sont encore déserts et, ni vue ni connue, je glissai le parchemin sous sa porte.

Raison: deux des trois parleurs étaient parmi les quatre dont mon réalisateur ambitionnait les postes.

J'assistai de la même manière à la réunion du jeudi suivant. Sauvette, ce jour-là, tomba sur les carcasses de nos trois amis, en critiquant de façon mordante plusieurs décisions prises par eux et en prenant soin, à trois ou quatre reprises, de souligner qu'il n'était ni «gaga» ni «idiot».

J'abrège. Toujours est-il qu'après, les trois amis se brouillèrent, chacun soupçonnant chacun d'avoir mouchardé, et que ce fut ensuite un beau spectacle de les voir se prendre aux cheveux au cours de la réunion de planification quotidienne à laquelle j'assistais comme toutes les scriptes.

Il ne me restait plus qu'à trouver le moyen de faire congédier ou muter l'un des deux dont les postes m'intéressaient.

L'un était rédacteur en chef des émissions d'affaires publiques de la télévision, l'autre, son supérieur immédiat, directeur du service des informations télévisées. Le plus haut placé, un nommé Phillogène, était un homme intelligent, sensible, mais en même temps naïf et souvent lent à prendre ses décisions. C'était la poire rêvée à jeter au panier, et c'est sur lui, après les avoir soigneusement étudiés tous deux, que je jetai mon dévolu.

Je commençai par passer de longues heures dans son bureau, plus précisément dans sa corbeille à papiers (sous ma forme de serpent, bien entendu), avec l'espoir de surprendre quelque secret qui, bien utilisé, aurait pu le couler.

Hélas! c'était un homme honnête et bon: il ne trompait pas sa femme avec sa secrétaire, faisait son travail, mentait rarement, ce qui, au milieu d'un tel ramassis de tire-au-flanc, de coureurs de jupons et d'hypocrites, en faisait une exception. Mais l'homme n'était visiblement pas à sa place, que j'opinais, et il valait mieux qu'il la cède.

Une semaine passa, entrecoupée de séances au fond de la corbeille à papiers. Je me creusais la tête en vain, à la recherche de quelque tour méchant et savoureux, et j'allais céder au découragement quand, tout à fait par hasard, une solution toute simple me tomba sur le museau comme la pomme de Newton.

Il faut dire que la manœuvre, hormis en ce qui le regardait, était déjà plus qu'entamée. Depuis que mon réalisateur m'avait mise au courant de ses projets, il faisait sur mes conseils une cour assidue à Sauvette: dîners généreusement arrosés, flatteries, compte rendu quasi quotidien de ce qui se passait dans notre service, etc. De mon côté, à l'occasion d'une soirée donnée par mon réalisateur, je m'étais dévouée et laissée gracieusement tomber sous Sa Majesté Sauvette à la pleine lune, sur le toit de l'immeuble qu'habitait mon homme du moment.

Sauvette n'avait rien promis à mon petit ami (il était trop fin pour cela) mais il savait maintenant parfaitement à quoi s'en tenir sur ses ambitions.

Or donc, c'est bête mais c'est comme ça, le cinquième jour de mon travail d'espionnage dans la corbeille à papiers de Phillogène, celui-ci, qui était seul, tira à un moment de la poche intérieure de son veston une épaisse enveloppe. Il en retira le contenu, une liasse de billets de banque, et se mit à compter à mi-voix. Je le voyais par les fentes de la corbeille d'osier:

«… mille, mille cinquante…» disait-il en mouillant de temps à autre le pouce à sa langue.

Il avait 1650 $.

D'où venait cet argent? à quelles fins voulait-il l'utiliser? Tout cela m'était égal. Écœurée, je regagnai le bureau de mon réalisateur et, après m'être extirpée du classeur où j'avais pris refuge sous ma forme reptilienne, j'endossai la peau de Gisèle.

Tout le monde était déjà sorti dîner et je partis à mon tour, désœuvrée, le sac sur l'épaule, ne sachant trop où aller casser la croûte.

C'est à cet instant précis que la pomme de Newton me tomba sur le nez.

Je souris machinalement à la principale secrétaire qui partait dîner au moment où je sortais du bureau de mon petit ami, quand j'aperçus la *clé* sur un de ses tiroirs. Elle l'avait oubliée!

C'était un tiroir renforcé d'acier, où elle gardait ce qu'on appelait la petite caisse, c'est-à-dire quelques milliers de dollars en liquide, pour les besoins pressants du service.

Je fis mine de flâner et je la laissai s'éloigner. Puis je courus à son bureau et, après un rapide examen des alentours (il n'y avait personne), j'ouvris le tiroir et fébrilement, je comptai 1650 $. Puis je refermai et j'enfouis la clé dans les cendres et les mégots de son cendrier.

Tout alla ensuite comme sur des roulettes. Vers les deux heures trente de l'après-midi, je téléphonai au bureau de Sauvette et, contrefaisant ma voix, j'informai sa secrétaire que le sieur Phillogène avait volé mille six cent cinquante dollars dans la petite caisse.

«Je vous dis ceci pour la bonne marche et la renommée du service, expliquai-je hypocritement. Mon but n'est pas de dénoncer monsieur Phillogène.»

Dix minutes ne s'étaient pas écoulées que Sauvette s'amenait en personne, le sourcil froncé, l'air bravache d'un redresseur de torts. Malgré sa mine, il était clair à sa démarche conquérante qu'il était aux anges. Sa secrétaire, une vieille fille à lunettes, visiblement très troublée et à la fois dévorée de curiosité, le suivait prudemment à une vingtaine de pas.

Il stoppa au bureau de la principale secrétaire qui, le voyant venir, avait interrompu sa séance de maquillage et fourrait son nécessaire dans son sac à main.

«Bonjour, m'sieur Sauvette», minauda-t-elle avec un large sourire forcé — une vraie grimace —, en montrant toutes ses dents.

Je la guettais de mon bureau. Elle ne s'était encore aperçue ni de la disparition de la clé ni de celle de l'argent.

«Vous avez la clé? demanda Sauvette sèchement.

— Quelle clé? qu'est-ce que vous voulez dire? questionna-t-elle du ton de quelqu'un pris en faute.

— La clé de la petite caisse, dit Sauvette en zieutant du côté du bureau de Phillogène, et en tendant la main.

— Oui, un instant, fit la secrétaire, et, troublée, elle sortit rapidement un trousseau de clés de son sac, l'échappa, le reprit et ouvrit enfin le grand tiroir plat de son bureau. Un instant, répéta-t-elle.

— Vous l'avez?»

Elle remuait des papiers:

«Je la garde toujours dans le tiroir dans la journée, expliqua-t-elle, rouge jusqu'aux oreilles.

— Laissez-moi faire, dit Sauvette en sortant sa propre clé.

— On me l'a volée», geignit la demoiselle en se mettant à pleurer.

Sauvette tourna la clé et ouvrit le tiroir blindé.

«Comptez, ordonna-t-il.

— J'comprends pas», bredouilla la secrétaire.

Toutes les activités normales se trouvaient soudain suspendues et, dans un silence total, on observait la scène. Malgré sa bêtise, Sauvette sembla comprendre que la secrétaire était sur le point de piquer une crise de nerfs et il lui prit le bras:

«Je ne vous accuse de rien, dit-il d'un ton radouci mais toujours ferme. Je veux savoir si tout y est.

— Tout y était avant dîner! lança-t-elle, la figure barbouillée de larmes.

— Comptez.»

Les doigts tremblants, elle ouvrit le coffret qu'elle gardait dans le tiroir blindé et se mit à ses calculs.

Je me retenais pour ne pas rire: les 1650 $ étaient dans mon sac à moi, bien au chaud.

Les yeux pétillants, Sauvette observait d'un air sévère les doigts de la jeune femme qui allaient et venaient.

Elle cessa peu à peu de renifler et, en même temps, commença à blêmir. Quand elle leva enfin les yeux, elle était pâle comme une morte:

«Il manque seize cents ou seize cent cinquante dollars, fit-elle d'une voix chevrotante.

— Merci», dit le justicier.

La tête haute, il tourna les talons puis, sans frapper, entra dans le bureau de Phillogène: «Monsieur Phillogène?»

Le ton était mordant, ironique. (Je ne voulais rien manquer et, sous prétexte d'aller porter un quelconque dossier, j'avais quitté mon bureau et je passai à ce moment devant celui de Phillogène.)

Ce dernier se levait de son fauteuil en repoussant maladroitement ses lunettes sur son nez.

«Bonjour. Asseyez-vous, dit-il.

— L'argent, dit le nouveau Sherlock Holmes, la main tendue.

— Est-ce que je vous ai emprunté quelque chose? demanda Phillogène étonné.

— L'argent que vous avez pris dans la petite caisse. Les mille six cent cinquante dollars, dit Sauvette assez fort pour que tout le monde entende.

— Êtes-vous devenu fou? s'écria l'autre.

— Vous avez mille six cent cinquante dollars sur vous. Est-ce exact?

— C'est exact, dit Phillogène. Sauf que cet argent m'appartient.» Le sort en était jeté. Le reste est sans importance.

Par la suite, heureuse circonstance, le brave Phillogène ne put jamais prouver que ces 1650 $ ne provenaient pas de la petite caisse où manquait précisément la même somme. Il eut beau jurer et répéter que cet argent lui venait d'un ami qui le lui devait, l'ami était parti pour un long séjour en Europe, et introuvable. Sauvette tenait sa vengeance (Phillogène, je le rappelle, était un de ceux qui avaient dit du mal de lui par derrière, comme je l'avais complaisamment rapporté à Sauvette de façon anonyme) et n'y regarda pas à deux fois avant de sévir. Cependant, devant les dénégations forcenées de Phillogène, on finit par hésiter à le mettre carrément à la porte. Il perdit quand même son poste et se retrouva simple journaliste au service international de Radio-Canada.

Trois semaines plus tard, mon réalisateur le remplaçait, grâce à la protection de Sauvette, et entrait dans ses nouvelles fonctions.

J'ai dit, et je viens d'en donner un exemple, que je ne suis plus la même depuis que j'ai fait la connaissance de Toutou. L'opération qui précède le montre, car on voudra bien noter que je menai toute cette affaire sans bavure, avec un doigté parfait, ce dont, je le reconnais, j'aurais été tout à fait incapable avant que Toutou entre dans ma vie et sans ses précieux conseils. Moi l'ancien laideron, la timide, la renfrognée, j'avais eu la peau d'une poire et hissé à sa place le candidat de mon choix!

Autre exemple de mon savoir-faire: incitée par Toutou à me divertir encore et à continuer d'aiguiser mes facultés, très fière de mon premier succès, je démantelai habilement, peu après, une cellule qu'un groupe maoïste avait réussi à constituer à Radio-Canada, avec entre autres des gens du service des nouvelles. Habilement est un bien grand mot, car ce fut en fait un jeu d'enfant. Cette fois-là, cependant, j'agis seule, sans les conseils de Toutou à qui je n'avais pas soufflé mot de l'affaire.

Tout le monde sait ce que sont les maoïstes: une bande de minus, trop faibles d'esprit pour penser par eux-mêmes, et qui vont répétant comme des perroquets, sur tout et sur rien, ce qu'écrivent les cochonneries publiées par la République populaire de Chine.

Le service des nouvelles avait son communiste, un agencier[1] barbu, toujours occupé à distiller son venin sur notre bon système capitaliste, et que, à part moi, j'appelais Pot de chambre. Monsieur avait comme qui dirait une cour, composée de quelques jeunes journalistes, de secrétaires, d'un commissionnaire, même d'un cadre inférieur à la conscience torturée. Tout ce beau monde passait la moitié de la journée en discussions sur les malheurs du Cambodge, la grandeur de la Chine, les horreurs de la politique russe, les méfaits de l'ogre américain, et tutti quanti.

Histoire de rire, je me mêlais fréquemment aux discussions du groupe (on n'a pas grand-chose à faire à Radio-Canada). Mieux encore, je feignais de partager les opinions de Pot de chambre et de ses fidèles et, à leur exemple, je mangeais du capitaliste. On m'aimait, autant,

---

1. Journaliste chargé du tri des informations que transmettent les agences de presse par téléscripteur.

je pense, pour mes supposées convictions que pour mon physique pétant de santé.

Un jour, cinq ou six semaines après mon entrée dans le groupe, Pot de chambre m'invita à manger avec lui.

Il me fit sa déclaration à l'heure du café: il était communiste (ce dont il ne se cachait pas) mais il était, de plus, membre d'un groupement maoïste, m'apprit-il.

«Première nouvelle», dis-je, car je n'en avais effectivement jamais entendu parler, ce qui, je dois l'avouer, me fit éprouver une certaine admiration pour Pot de chambre et sa faculté de dissimulation. En public, il niait toujours avec conviction être membre d'une organisation quelconque quand on le questionnait à ce sujet.

«Je suis communiste, disait-il toujours, mais pas imbécile à ce point.»

Il m'invita à assister, le soir même, à une réunion d'un cercle de lectures du groupement. J'étais ravie et j'acceptai.

Ce ne fut pas gai. La chose eut lieu à l'appartement de l'agencier, rue de la Visitation, non loin de la maison de Radio-Canada. Un appartement aux planchers en pente, peint de couleurs délavées et mal assorties, à peine meublé.

Jusqu'à onze heures, nous lûmes un à un tous les articles du journal de l'organisation, qui, lui, était meublé d'idées creuses, écrites dans un français atroce, que Pot de chambre nous commentait à mesure, gravement, comme s'il se fût agi des dix commandements.

Notre cercle comprenait quelques connaissances à moi, de Radio-Canada: deux journalistes, une grosse secrétaire, le commissionnaire, mais aussi trois ou quatre autres personnes que je voyais pour la première fois. En partant, Pot de chambre nous laissa à chacun un exemplaire du journal, «pour que vous commenciez, dit-il, à vous approprier l'arme de la théorie marxiste-léniniste».

Au départ, j'avais eu dans l'idée de passer par toutes les étapes prescrites et de devenir, par curiosité, membre en règle de l'organisation à laquelle adhérait l'agencier. Malheureusement, la soirée de lecture m'avait paru si assommante que, sitôt sortie de l'appartement de la rue de la Visitation, je décidai de m'épargner ce calvaire (une autre réunion avait été fixée au lundi suivant).

Dès le lendemain, donc, tout en lui répétant que ses opinions politiques étaient aussi les miennes, j'annonçai à l'agencier que j'étais trop occupée et aussi, à la réflexion, trop indisciplinée pour m'astreindre à un tel effort et que, bref — mais j'employai d'autres mots — je renonçais à devenir une maoïste patentée.

Pot de chambre planta là ses tas de papiers et m'entraîna à la cafétéria. Avec une éloquence surprenante, il tenta, devant une tasse de café, de me faire revenir sur ma décision: minauderies, flatteries, appels à ma conscience anticapitaliste, tout y passa. Je louvoyai, je lui mentis à plein nez et je demeurai inflexible.

Après, plus rien ne fut pareil entre lui, son cercle de fidèles et moi. On s'arrangea pour me faire comprendre rapidement que j'étais une indésirable et, aussitôt, je cessai de les voir. Je m'en fichais. J'avais d'autres moyens de m'amuser à ma disposition.

J'assistai à la réunion du lundi suivant, mais cette fois, bien sûr, en secret — je veux dire sous ma forme de reptile. À l'heure dite, je me transportai sous le divan de Pot de chambre, et là, couchée sur un épais lit de poussière, au milieu de cœurs de pommes séchés, de bouts de crayons et de toutes les autres saloperies que l'agencier et ses invités poussaient sous ce meuble crevé, j'écoutai.

Ce fut un peu plus drôle que la fois précédente car je pus, ce deuxième lundi, rire tout à mon aise, mais sans bruit, cela va de soi.

Le clou de la soirée fut qu'après cette première réunion Pot de chambre en tint une seconde. J'étais restée après le départ des autres, dans le but d'apprendre un peu mieux comment vivait l'agencier, mais il n'y avait pas dix minutes que le premier groupe avait quitté qu'arrivèrent, à la queue leu leu, une quinzaine d'autres personnes. Qui? J'en connaissais trois seulement: un jeune journaliste, le cadre à la conscience torturée, mais aussi un comédien que j'avais déjà rencontré chez mon réalisateur, et que je reconnus tous trois à leurs voix.

Ceux-là étaient plus que des lecteurs professionnels du journal, ils constituaient ce qu'on appelle, dans ce milieu, un groupe d'études. C'étaient, autrement dit, non pas des membres en règle de l'organisation, mais pour ainsi dire des diacres, ou, dans le jargon idoine, des *sympathisants*.

Ils étaient d'un sérieux à faire pâlir d'envie un troupeau d'ânes et, là, je m'amusai franchement. Tous avaient un nom de guerre, en ce sens qu'ils portaient, pour la circonstance, des prénoms qui n'étaient pas les leurs. Ainsi, le cadre à la conscience torturée, prénommé Jean-Pierre, s'appelait André pour ses amis maoïstes, ce qui lui faisait comme une perruque.

La réunion eut deux parties. D'abord, chacun raconta sa semaine et ses efforts pendant ce laps de temps pour faire avancer *la cause*. Le même sympathisant devait ensuite faire l'autocritique de son action, puis suivaient l'analyse et la critique de ses faits et gestes par les autres.

Deuxième partie, le maître lut quelques maximes et tous ensemble ils en étudièrent le sens et les applications pratiques possibles. («Faisons moins, faisons mieux» de Lénine, etc.)

Zéro pour la partie maximes: perdus dans la brume de la théorie, enivrés par elle, les petits maos avaient sombré dans l'imperturbable gravité de la bêtise. Plus guillerette, la première partie de la réunion était, elle, par moments franchement épicée.

Par exemple, un aide-cuisinier maigrichon travaillant dans un hôpital raconta comment il avait réussi au cours de la semaine précédente, avec l'aide de ses camarades maoïstes (mais, à l'entendre, ç'avait été lui le grand stratège), à déclencher deux arrêts de travail de trois heures chacun de tout le personnel de l'établissement.

La chose vaut la peine d'être expliquée brièvement.

L'une des principales sources de mécontentement chez les infirmières, les infirmiers et les aide-infirmiers de l'hôpital en question, était que tous devaient obligatoirement travailler deux fins de semaine sur trois, et qu'ils n'avaient congé par conséquent qu'à tous les trois weekends. Forts de ce mécontentement généralisé, l'aide-cuisinier et ses acolytes inondaient donc l'hôpital depuis des mois, mais sans grand résultat, de tracts réclamant pour ces gens une fin de semaine de congé sur deux, quand la semaine précédente une occasion en or s'était présentée.

Ou plutôt, ils avaient créé l'occasion: en bref, l'un des leurs, de l'informatique, avait saboté l'ordinateur de l'hôpital un jour de paye, de sorte que la machine n'avait pu ce jour-là débiter les chèques.

«Simple comme bonjour: un tournevis dans le ventre de la machine, puis ça y était», précisa l'aide-cuisinier.

La colère grondant, lui et les siens avaient profité de cette grave «attaque contre leurs droits» pour exiger la tenue d'une assemblée syndicale sur-le-champ. L'assemblée avait eu lieu. L'aide-cuisinier et ses compères, liant la question des congés au problème du jour, l'avaient remise sur le tapis.

«Là, les congés, ça devenait important. Ils étaient prêts à tuer pour les congés!»

Résultat, arc-boutés à la rage du personnel ce jour-là, ils avaient réussi à faire adopter par l'assemblée une motion engageant les cinq mille employés de l'hôpital à faire toutes les semaines deux arrêts de travail de trois heures chacun, «jusqu'à la satisfaction de nos revendications».

J'en convenais, c'était, quoique sur une échelle très restreinte, de l'agitation fort bien pensée et menée, l'agitation visant, comme me l'avaient appris Pot de chambre et ses fidèles, à «aiguiser les contradictions jusqu'à la lutte finale[2]».

«C'était ma bonne action de la semaine», conclut pour sa part sur un ton sardonique le petit Émile, prénom dont était affublé l'aide-cuisinier.

Ces communistes commençaient à me plaire. L'aide-cuisinier, à tout le moins, ne manquait pas d'imagination ni de savoir-faire. Toutou, me disais-je, serait enchanté de faire sa connaissance.

---

2. On me permettra ici (c'est moi, Grégoire Rabouin, qui écris ces lignes) de rapporter l'explication que m'a donnée à ce sujet un ami journaliste que j'interrogeais sur «l'aiguisement des contradictions», car j'ignorais tout de cette stratégie propre aux communistes: «Aiguiser les contradictions, m'a-t-il dit, cela veut dire tenter de changer toutes les sources possibles de conflit en conflits ouverts, le but étant que tous ces conflits réunis en arrivent à faire un seul et unique conflit, un conflit général. C'est une étape vers la lutte armée.»

«Est-ce que tu vois des failles dans votre action? demanda le maître, c'est-à-dire Pot de chambre, au petit Émile.

— Il y en a eu une, mais je n'en vois plus.»

En bref, expliqua-t-il, lui et ses acolytes avaient d'abord visé et proposé trois débrayages par semaine. Devant les nombreuses réticences de l'assemblée, toutefois, ils avaient cru bon d'en proposer par la suite seulement deux, leur erreur ayant donc été d'avoir surévalué momentanément la combativité des troupes.

«On s'est aperçus que les gens en ont assez de se battre depuis la dernière grève, ils sont fatigués, acheva l'aide-cuisinier. Il faut bien calculer les efforts qu'on les amène à faire.

— C'est de l'*étapisme* puant!» cracha haineusement une fille maigre aux cheveux ternes et gras.

Ainsi commencèrent les objections: le petit Émile était visiblement un fin stratège et, pour cette raison, les autres n'avaient manifestement qu'une idée en tête — le démolir — et tous se mirent de la partie.

«Ça ne tient pas debout, glapit une voix féminine. Deux fois par semaine, c'est pas assez, les gens vont décrocher, ils vont perdre le rythme!

— Moi, dit le cadre à la conscience torturée, je trouve que votre programme de tracts était inadéquat: Lénine a dit...

— Vous avez fait une erreur d'analyse, coupa Pot de chambre, et vous avez dû reculer sur le nombre de débrayages.

— On s'est ravisés, dit l'aide-cuisinier. Valait mieux se raviser à ce moment-là qu'après coup.

— Vous avez eu peur de prendre la direction des masses!» clama le jeune journaliste.

Etc., etc., cela dura bien trois quarts d'heure, et personne n'était plus avancé à la fin. C'était assommant.

De tels crétins, me disais-je, ne méritent pas la liberté de comploter contre le système et illico je me mis sous mon divan à chercher un moyen de disloquer leur groupe. Comment?

Je tournai et retournai la question dans ma petite tête verte tandis que la conversation, toujours aussi futile, se poursuivait. Et puis une idée me vint — une idée toute simple, issue tout droit de l'expérience que j'avais faite sur les deux officiers russes.

Je rampai sous le divan, montrai la tête, puis, me coulant entre deux jambes écartées, je me glissai au milieu d'eux tous.

Surprise!... ils parlaient comme des moulins, tous occupés à écouter leur propre voix, et personne ne m'aperçut alors que j'avais cru devoir obtenir un effet bœuf instantanément. C'était humiliant.

«J'ai vu un de vos tracts: ils étaient mal imprimés, disait le comédien.

— C'est pas comme ça qu'on va arriver à la dictature du prolétariat», grondait dégoûtée une grosse fille à lunettes atrocement laide et pleine de boutons.

Je lançai, d'un ton persifleur:

«Mesdemoiselles! messieurs!

— La solution aurait été de faire durer l'assemblée, de trouver des trucs pour l'éterniser, de façon à ne pas avoir à reculer, disait quant à lui Pot de chambre avec autorité. Il fallait vous arranger pour que presque tout le monde soit parti au moment du vote.

— L'assemblée a duré six heures. C'est pas assez?» riposta l'aide-cuisinier.

Vraiment, que je me disais, ces gens-là ne voient pas ce qui se passe sous leur nez. M'appuyant sur mes dernières vertèbres, je m'élevai alors un peu plus haut et, tout doucement, je me mis à ricaner.

L'aide-cuisinier fut le premier à me voir et, se reculant au fond de son fauteuil, à la fois paralysé et terrorisé, il exhala un seul mot:

«Hein?»

Puis les autres m'aperçurent enfin: je m'étais mise à les saluer, à tour de rôle, de petits hochements de tête:

«Bonsoir. Bonsoir», répétais-je.

La grosse fille à lunettes sauta de son fauteuil comme un écureuil et courut se réfugier derrière:

«Un serpent! un... serpent! balbutia-t-elle.

— Un serpent qui parle», précisai-je en me tournant de son côté.

Un cri strident lui échappa et, martelant lourdement le plancher, la grosse maoïste courut à la porte d'entrée, l'ouvrit à la volée et décampa en hurlant, dévalant les marches quatre à quatre. Toute la maison trembla.

«Qui êtes-vous? me demanda enfin le chef, Pot de chambre, le teint si blême que sa barbe poivre et sel semblait maintenant noire.

— Je suis Atagrokia, répondis-je. Je suis un ami. Pour vous servir.

— Nous sommes victimes d'une hallucination collective, murmura d'une voix tremblante le jeune journaliste.

— Comment... Atocas? Vous avez dit «Atocas»? fit Pot de chambre.

— Atagrokia, corrigeai-je.

— C'est... c'est absurde», laissa tomber le chef communiste.

André, ou plutôt Jean-Pierre, le cadre *radio-canadien,* se leva subrepticement, visiblement dans l'intention de prendre lui aussi la poudre d'escampette.

«Asseyez-vous, dis-je en jetant les yeux sur lui. Je veux causer.»

Il sursauta comme s'il s'était imaginé que je ne le verrais pas et, après un moment d'hésitation, il se laissa retomber dans son fauteuil avec une espèce de gémissement.

«C'est de ta faute, fit-il d'un ton geignant à l'adresse de l'agencier. C'est une maudite invention communiste, ce serpent-là!

— Ta gueule! hurla Pot de chambre que la terreur rendait furieux.

— Vous faites erreur, dis-je au cadre. Je ne suis pas communiste.

— Vous avez tort, me lança la fille squelettique. Le communisme est la voie de l'avenir.»

Pot de chambre, quant à lui, se fichait maintenant du matérialisme dialectique comme de sa première chemise et ne me laissa pas le temps de répondre:

«Atagrogars…, commença-t-il, et il se racla la gorge pour en chasser un gros chat.

— Êtes-vous sourd? demandai-je. J'ai dit: A-tagro-kia! Atagrokia.

— Qu'est-ce que c'est ça, Atagrokia? reprit-il avec une mine éberluée.

— C'est un serpent. Es-tu aveugle? cria le comédien d'une voix de tête.

— Taisez-vous!» ordonnai-je.

Le comédien se rapetissa dans son fauteuil. Mon idée n'était manifestement pas mauvaise: seulement à me voir, les éléments de la cellule maoïste s'écroulaient un à un comme des tartes trop cuites.

«Je vais vous dire qui je suis, commençai-je. C'est un secret que je n'ai jamais divulgué à personne. À vous, à vous seuls, je vais le dire, car mon nom, bien sûr, ne vous dit rien.»

Les cocos adorent les devinettes, de sorte qu'ils étaient tous maintenant si curieux de m'entendre qu'ils en oubliaient presque d'avoir peur.

«Je m'appelle donc Atagrokia. Je suis (je baissai la voix)… je suis du vingt-troisième cercle, poursuivis-je d'un air de conspirateur, c'est-à-dire, par ordre d'importance, de la vingt-troisième espèce de démons. Je suis un démon. Hi! hi! hi!»

La seule personne que ma présence n'avait pas semblé impressionner outre mesure jusque-là, la fille maigre, eut une drôle de réaction au mot démon: elle devint à son tour pâle comme un linge, ses lunettes glissèrent sur son nez et, les jointures blanchies par l'effort, elle s'agrippa aux accoudoirs de son fauteuil. *Touché!*

«Nous aussi, les démons, continuai-je, sommes comme vous regroupés en cellules. J'appartiens personnellement à la 809e centurie du vingt-troisième cercle (nous appelons nos cellules des centuries) et mon chef se nomme Pot de chambre.»

Tout en parlant, je les examinais, tour à tour, du coin de l'œil: plus question de pâleur, maintenant ils verdissaient. Les plus mal en point me semblaient être le cadre et le comédien. Tous deux occupaient de moins en moins de place dans leurs fauteuils et avaient les yeux fous de terreur, tellement écarquillés qu'on les aurait dits tenus grands ouverts par des fils.

J'enchaînai:

«Comme nous sommes en nombre quasi infini…

— Vous êtes tant que ça? questionna anxieusement la fille maigre.

— … chaque centurie se voit confier certaines tâches particulières, poursuivis-je en ignorant l'interruption. Ainsi, entre autres tâches, ma centurie a celle de veiller sur vous et je viens, en son nom, vous faire une offre de collaboration: nous voulons travailler avec vous à remettre de l'ordre dans le monde. Parce que nous vous aimons. (Je fis une courte pause et je me tournai du côté du comédien. Je glissai lentement vers son fauteuil.) Pour vous prouver mon amour, ajoutai-je de but en blanc, je vais, d'abord, vous mordre l'un après l'autre le gras de la jambe.»

Succès total — ce fut la panique. Ils sautèrent tous ensemble sur leurs jambes avec des cris de terreur, la table basse reçut un coup de pied et versa sur le côté, la fille maigre arracha je ne sais trop comment un rideau de jute en se ruant vers la sortie, et tous passèrent la porte en trombe, Pot de chambre en tête.

Toujours est-il, comme je m'en assurai quelques jours plus tard grâce à un certain nombre de vérifications, que j'avais démantelé les doigts dans le nez une cellule communiste.

Cependant, il faut bien le dire, j'étais jeune dans ce métier et encore inexpérimentée. Tournoukriel — j'ignore comment, mais peut-être entend-il de son gîte? — avait appris l'affaire et, le lendemain matin, au petit déjeuner, il quitta son gîte pour me servir de vertes remontrances. Il m'expliqua que les communistes étaient de ses amis, «des gens pleins d'imagination», me dit-il, des compères qui mettaient un peu de piquant sur terre et qu'il fallait protéger plutôt que de leur nuire.

«Tu es une sotte!» me lança-t-il durement.

J'acquiesçai, quoique dans mon for intérieur je demeurais très fière de ma performance de la veille. Mais les cocos, il avait raison là-dessus, étaient à leur façon très drôles et mettaient du sel sur la grisaille quotidienne — et je lui fis, à mon beau Toutou, la promesse de ne plus les importuner.

5

Ainsi prenait fin l'hallucinante confession, visiblement l'œuvre de mon ex-patiente.

Je ne suis pas écrivain et je serais bien incapable de décrire avec exactitude les sentiments qui m'agitèrent quand j'en eus terminé la lecture. En fait, sitôt que j'eus levé les yeux du cahier, ma cervelle devint le théâtre d'une véritable bousculade d'émotions, d'idées, d'intuitions, de phantasmes, si bien que — chose qui ne m'était pas arrivée depuis longtemps — je versai le temps de le dire en pleine confusion mentale. Mon cœur battait à grands coups, j'avais le front couvert de sueur et puis soudain, comme à une bouée, mon esprit s'accrocha à une question: Gisèle... mais Gisèle qui? me demandai-je.

J'ignorais son nom de famille.

Je décrochai le téléphone (j'ai trois appareils dans mon petit appartement) et fis d'une main tremblante le numéro de mon cabinet.

«Ici le bureau du docteur Rabouin.

— Claudette, c'est moi, dis-je d'un ton bref et fébrile. Je veux... j'ai besoin du nom de famille... une ex-patiente. Son prénom est Gisèle. Je l'ai vue la première fois à la fin de l'hiver il y a quatre ou cinq ans. Elle a manqué les deux rendez-vous suivants. Trouve-moi ça. Vite.» (J'avais parlé tout d'une traite.)

La gueuse. Au lieu de s'activer, elle se mit à sangloter dans l'appareil.

«Docteur… docteur, se mit-elle à raconter à travers ses hoquets. Vous êtes malade!

— Dépêche-toi! Tu vas me rendre fou!» hurlai-je dans le microphone.

Il y a quelque chose de bien chez Claudette — elle a de bons réflexes. Mon cri la fit se ressaisir:

«Un instant. Je vais regarder», dit-elle en ravalant ses larmes.

J'attendis… et la sarabande recommença dans ma tête, mais cette fois, au lieu de laisser mon cerveau courir trente idées à la fois, j'en enfourchai une seule.

Atroce. À la lumière de la confession de Gisèle, tout s'expliquait, selon une logique (disons le mot) démentielle. Je veux dire que tous les événements extraordinaires, ou impossibles, que j'avais vécus ou cru vivre (Moscou, mon séjour en prison, la transformation du balayeur en serpent sous mes yeux, etc.) trouvaient, d'après sa confession, une explication *logique*: elle avait pu me transporter à Moscou parce que j'étais amoureux d'elle, elle avait changé le balayeur en reptile parce qu'il avait eu, tout bête qu'il était, le coup de foudre pour elle, etc.

Ce qui voulait peut-être dire que j'avais vécu des événements logiquement impossibles, mais qui, confrontés à la logique de sa confession, étaient possibles. Je n'avais peut-être donc pas été victime d'un accès de délire alcoolique, et par voie de conséquence…

«Allô?

— O… oui, dis-je d'une voix chevrotante.

— Elle s'appelle Gisèle Ribeault. B-e-a-u-l-t, épela-t-elle. Où est-ce que vous êtes? voulez-vous que j'aille vous retrouver?» reprit-elle d'un ton inquiet, presque suppliant.

Je coupai la communication. Hébété, je regardai le corps du combiné téléphonique, puis mes mains: elles étaient couvertes d'une sueur chaude, abondante, et j'avais laissé des chapelets de gouttelettes sur le plastique noir.

C'est à ce moment-là que je faillis devenir fou. Gisèle Ribeault, et je m'appelle Grégoire Rabouin: mêmes initiales! Mais il y avait plus troublant encore.

Je me levai, puis je me retournai mollement, comme un animal frappé par une balle de fusil, pour me regarder dans la grande glace suspendue au-dessus de la console sur laquelle j'ai mis un pot de fleurs séchées. Une question me traversa l'esprit:

«*Qui suis-je?*»

C'était quelqu'un d'autre que moi que je voyais dans la glace, ou du moins je ne me reconnaissais pas: une figure livide, une bouche tordue, que surmontaient des cheveux emmêlés et gluants, comme une vadrouille mouillée.

J'empoignai le cahier noir, je l'ouvris et — comme la foudre — l'idée me frappa que c'était moi qui avais écrit cette confession.

Bref, pendant les quelques instants que dura ma folie, je crus que j'étais Gisèle Ribeault. N'avais-je pas travaillé adolescent comme garçon de courses à Radio-Canada pendant un été? n'avais-je pas, à vingt ans, été marié à une Suédoise prénommée Barbie, de qui j'avais divorcé quelques années plus tard?

Sauf pour le sexe et des détails, nous étions, l'autre G. R. et moi, la même personne: elle avait elle aussi travaillé à Radio-Canada, son mari — plutôt que sa femme —, elle le nommait dans sa confession Barbiche, ou plus brièvement Barbi.

En même temps, comme cela ne m'était pas arrivé depuis ma prime adolescence, le vertige me prenait et je doutai de ma virilité: je lâchai le cahier qui tomba par terre et je me tâtai. Tout y était, heureusement!

Mais… Gisèle Ribeault existait-elle?… Si elle n'existait pas… Elle existe! répondit quelque chose en moi. Est-ce une folle? ou a-t-elle les pouvoirs qu'elle prétend avoir?

Ces questions, et bien d'autres, me tournaient dans la tête comme un essaim de guêpes, et je comprends aujourd'hui mon affolement: les faits étaient là, et à chaque question, quelle que fût ma réponse, celle-ci était invariablement troublante au plus haut point.

Au mieux, Gisèle Ribeault était une mythomane, autant dire une folle, qui avait monté à mes dépens une habile mystification; au pis aller, c'était un démon, comme elle l'avait affirmé, à la blague semblait-il, à la cellule maoïste.

En fait, sans trop m'en rendre compte, j'avais déjà commencé à reprendre mes esprits, quand j'entendis soudain, comme en rêve, la sonnerie du téléphone. Je regardai l'appareil sottement, comme pour avoir la confirmation qu'il sonnait… et puis, sans doute à cause de l'état second où j'étais encore à demi plongé, je crus voir le combiné trembler sur son socle. Je décrochai.

«Allô? dis-je.

— Docteur Grégoire?

— Grégoire Rabouin.

— C'est Claudette. (Je n'avais pas reconnu sa voix.) J'ai laissé sonner une quinzaine de coups, reprit-elle. Vous allez bien?»

J'essuyai avec la manche mon front dégoulinant de sueur et, brusquement, l'effroyable tension tomba de mes

épaules comme une masse. Je m'assis, ou plutôt je m'é-
crasai lourdement dans un fauteuil, sans trop me rappeler
ce que je faisais debout. Je respirais à grands coups, comme
pour reprendre mon souffle.

«Docteur, vous êtes là?...»

Plus de doute: à son ton, à la fois inquiet et tendre, je de-
vinais que Claudette était amoureuse de moi, ce dont, aveugle
comme je pouvais l'être, je ne m'étais pas aperçu jusque-là.

Je parlai. Ma voix était rauque:

«Tout va bien, dis-je. Tout va bien... Je serai au bureau demain.

— Je peux aller vous aider si vous voulez. J'ai juste à
prendre un taxi.

— Ça va mieux maintenant.

— L'Ordre des médecins a appelé pour votre cotisation.

— Demain, coupai-je doucement. Je vous remercie
de votre appel. Je vous remercie beaucoup.»

Je raccrochai, et tout devint clair: Gisèle Ribeault
m'avait atrocement soûlé, drogué même; après m'avoir entré
dans la tête, au cours de la soûlerie, toutes ses abracada-
brantes histoires, elle avait écrit cette folle confession et
l'avait déposée chez moi clandestinement pour appuyer ses
dires.

«Une mythomane... une folle, murmurai-je, car,
comme je vis seul, il m'arrive de parler tout haut. Elle a
inventé tout ça! Tout!»

Et d'une détente des reins, je me mis sur mes pieds et
j'allai à la salle de bains. J'emplis le lavabo d'eau glacée
et longuement, avec mes mains, je me rafraîchis le visage
et les tempes. Ils brûlaient.

Un bruit quelconque, autre que celui de mes ablu-
tions, sembla à un moment se faire entendre, mais je n'y
prêtai pas attention.

Je revins dans le salon en m'essuyant la figure… et puis je vis le cahier noir, grand ouvert, sur le divan, alors qu'il me semblait l'avoir laissé par terre.

Je m'approchai, le souffle court, et je lus en post-scriptum, à la dernière page, de la même écriture:

«Tout cela est vrai, je ne suis ni une folle, ni une my-thomane, ni une détraquée sexuelle: quiconque en doute, je le ferai mordre par Toutou.»

6

Quelqu'un — elle! —voulait se payer ma tête, mais plutôt que de paniquer, même s'il y avait de quoi, j'entrai dans une colère noire. J'allais me venger!

Je passai un veston en vitesse, ramassai le cahier noir et fonçai vers la sortie. J'ouvris la porte en coup de vent, et puis je fus cloué sur place.

«Bonsoir… J'allais sonner.»

C'était elle, la main levée, qui s'apprêtait à presser le bouton de la sonnette.

Je restais planté là, tout à fait déconcerté, sans pouvoir rien dire. D'abord à cause de sa présence, mais aussi de sa robe paysanne jaune canari, taillée dans un coton ultra-léger et qui, naturellement, lui allait à ravir.

«Je peux entrer? reprit-elle en me jetant un drôle de regard.

— Je… oui, entrez.

— J'avais envie de vous voir», fit-elle et, d'un pas lent et nonchalant, elle s'engagea dans le court corridor qui mène au salon.

Je refermai la porte très lentement, en prenant une profonde inspiration.

«Est-ce que vous vivez seul? poursuivait-elle du salon. Vous vivez seul: il y a trop de choses qui traînent», se
répondit-elle à elle-même, et elle eut un petit rire.

Elle m'avait pris par surprise et ma colère, qui s'était
subitement évanouie à sa vue, me remontait maintenant à
la gorge.

Je gagnai le salon. Elle regardait par la fenêtre.

«Vous avez une belle vue, remarqua-t-elle en se re-
tournant.

— Vous êtes une écœurante», dis-je sourdement et,
d'un coup de poignet, je lui lançai le cahier noir.

Elle fit un brusque mouvement de côté pour éviter le
cahier qui alla valser dans les stores vénitiens. Ils se tordi-
rent en tous sens en claquant.

«Êtes-vous fou? lança-t-elle, apparemment étonnée.

— C'est vous qui êtes en train de me rendre fou!
m'exclamai-je en marchant sur elle d'un air menaçant et
je l'agrippai par le haut de sa robe. Pourquoi vous avez
écrit ça? pourquoi vous avez inventé tout ça? repris-je
d'une voix perçante. Hein?»

Elle avait levé les bras pour se protéger:

«Je... j'ai rien fait, bégaya-t-elle. Je vous ai pas
écrit!»

Je la lâchai, pris le cahier par terre vivement et je lui
en donnai une volée de coups avec le plat, sur la tête et les
bras. Je criais:

«Ça, ça, qu'est-ce que c'est, ça!?

— Vous allez me blesser! lâchez-moi! piaula-t-elle
en reculant vers la cuisinette.

— Pourquoi? pourquoi? qu'est-ce que vous voulez?
que je continuais à crier.

— Arrêtez! arrêtez! hurlait-elle maintenant, en tentant de parer les coups avec ses bras. Ahhh... ouu!»

Elle venait de buter contre l'escabelle placée contre le mur et, déséquilibrée, les bras battant l'air, elle tomba par terre sur le postérieur avec un bruit mat.

«C'est vous qui êtes fou! c'est vous!»

Elle pleurait — l'arme ultime des femmes depuis le début du monde et contre laquelle un homme ne peut rien, à moins d'être une brute insensible.

«Lisez!» dis-je, et je lui expédiai le cahier au creux du ventre, mais en n'y mettant qu'une fraction de ma force.

Elle se raidit quand même pour amortir le coup, puis elle ouvrit le cahier.

«C'est pas mon écriture, dit-elle aussitôt. Qu'est-ce que c'est, ce cahier?»

Elle était parfaitement convaincante et, dans mon for intérieur, je commençais à douter.

«C'est l'histoire d'une maboule qui prétend avoir un serpent qui lui vit dans le ventre! Elle dit qu'elle peut changer les gens en serpents et qu'elle a le don d'ubiquité! Une folle! insistai-je d'un ton volontairement criard.

— Et vous pensez que c'est moi qui ai écrit ça?» demanda-t-elle les yeux écarquillés.

Elle tendit la main et, sans y penser, je l'aidai à se relever.

J'étais vaincu… Elle remit de l'ordre dans ses vêtements et sa coiffure et, mine de rien, me frôla à quelques reprises pendant son manège.

«L'auteur dit s'appeler Gisèle, commençai-je.

— C'est pas une preuve, fit-elle. Si j'avais su, je n'aurais jamais mis les pieds chez vous.»

Je m'écartai d'elle prudemment.

«Ce n'est peut-être pas votre écriture, repris-je, mais ça me semble être tout à fait dans votre style.»

Je l'observais attentivement, pour ne rien perdre de ses réactions. Elle acheva de replacer sa coiffure. À son air, on aurait dit l'innocence même. À cause de ses larmes, ses joues avaient rosi, et elle était plus séduisante que jamais.

«Si c'est comme ça que vous traitez vos amis… laissa-t-elle tomber. Je m'en vais. Où est mon sac?

— Asseyez-vous une minute, dis-je avec hésitation.

— Dans ce cas-là, servez-moi un verre», dit-elle en changeant soudainement d'attitude.

Par la suite, je lui lus des passages du cahier. Elle frissonna, rit par moments, répétant qu'elle était une femme bien ordinaire et, de fil en aiguille, je finis par dire comme elle: ce cahier, c'était sans doute une invention d'une quelconque connaissance à elle, qui, pour de mystérieuses raisons, avait voulu nous brouiller… et compromettre ainsi (nous nous l'avouâmes) notre amour naissant.

À ce point de la soirée — nous avions déjà quelques verres dans l'estomac —, nous nous regardâmes un long moment dans les yeux puis nous nous tombâmes fougueusement dans les bras. Notre baiser, comme il se doit, fut long et langoureux, mais je n'en jouis pas vraiment car deux questions s'étaient mises à me trotter dans la tête: «Est-ce que je l'aime? est-ce qu'elle m'aime vraiment?…»

De nouveau, je doutais de tout, le charme était rompu.

J'éloignai ma bouche de la sienne, et je la regardai. Entre ses paupières à demi baissées, elle me jeta de son côté un regard aigu, qui, selon moi, n'avait rien du regard d'une femme amoureuse.

Ses yeux s'ouvrirent normalement et elle demanda:

«Qu'est-ce qu'il y a?

— J'ai l'impression que vous… vous permettez que je vous tutoie?

— On se tutoie, d'accord.

— J'ai l'impression… je devrais pas dire ça maintenant, expliquai-je en évitant son regard. J'ai l'impression… que tu m'aimes pas.»

Je levai les yeux à ces mots. Elle était confortablement calée contre le dossier du divan.

«On ne sait jamais vraiment si on aime, dit-elle. À quinze ans, on le sait, mais pas à trente-trois.

— Peut-être… Bon…»

Je regardais autour de moi, mal à l'aise, ne sachant quoi ajouter et comme si j'avais cherché quelque chose à faire de mes dix doigts.

«Cette histoire de fou… je veux dire le cahier. T'as vraiment cru à cette histoire de fou? demanda-t-elle.

— En ce bas monde, tout est possible, déclarai-je évasivement. Il faut dire que j'ai de la difficulté à croire que j'ai pu perdre la carte pendant plus de vingt-quatre heures à cause de quelques verres d'alcool. Qu'est-ce que j'ai fait pendant tout ce temps-là?

— Tu dormais.

— Puis toi?

— J'ai dormi presque tout le temps moi aussi», dit-elle.

Je me levai et commençai à faire les cent pas.

«Si c'était vrai, on rirait, reprit-elle.

— Si c'était vrai… quoi?

— Le cahier, dit-elle avec un geste nonchalant de la main.

— Si c'était vrai, on serait bons pour l'asile!» rétorquai-je avec humeur.

Ses façons qui me paraissaient maintenant saugrenues, son histoire passée, son insouciance, et même une certaine

froideur, à mes yeux étonnante, tout cela m'inquiétait soudainement, et, sans y réfléchir, je lançai tout de go:

«Tu devrais voir un psychiatre. Je connais un excellent psychiatre. C'est un de mes amis.

— Pourquoi un psychiatre? fit-elle avec un sourire de
mépris.

— Si tu veux le savoir: parce que tu m'inquiètes!

— Il me semble que t'aurais encore plus besoin que
moi d'un psychiatre. C'est toi qui as cru toutes ces histoires
de fou, c'est toi qui as quelque chose qui ne tourne pas rond.

— Au moins, moi, je me demande si j'ai la cervelle
qui marche correctement! Toi, t'as l'air de rien te demander! lançai-je avec une sourde irritation.

— Ah! bon, tu veux dire que je suis folle? persifla-
t-elle.

— Je veux rien dire du genre. Ce que je veux dire,
c'est qu'il se passe des choses bizarres. Ah puis, au diable! Si tu veux pas y aller, vas-y pas. Ça te regarde. Moi,
je vais aller en voir un.»

Elle resta un moment silencieuse. Je continuai à
déambuler, sans prendre garde à son silence, puis j'allai
machinalement à la fenêtre. Il faisait nuit noire.

«Je vais aller le voir, ton psychiatre, si ça peut te faire
plaisir», dit-elle enfin.

7

J'étais devenu comme l'inquiétant auteur du cahier noir: à force de vivre bizarrerie sur bizarrerie, je finissais par m'en alarmer de moins en moins.

Un autre fait étrange m'arriva, un instant avant son départ.

Comme il était près d'une heure du matin, je la laissai partir dès qu'elle en parla, sans chercher à la retenir, après avoir pris mes arrangements avec elle au sujet de mon ami psychiatre. J'allais appeler le médecin le lendemain matin, elle me téléphonerait dans la matinée à mon cabinet, etc.

Je l'accompagnai à la porte, sans prendre la peine d'allumer dans le corridor.

«À demain», dis-je.

Elle se retourna, me tendit les bras silencieusement (du moins c'est ce que je crus voir dans l'obscurité) et, à ce moment, je ressentis une vive piqûre à la joue. Je portai la main à ma figure en poussant un cri de douleur.

«Excuse-moi, c'est mes ongles, dit-elle. Je t'ai fait mal?

— Ça va», dis-je, et je l'embrassai distraitement.

J'ouvris la porte, elle sortit et je crus voir alors, à la lumière jaunâtre du couloir de l'immeuble, deux gouttes de sang sur ses lèvres.

Je tressaillis: «Bonne nuit», réussis-je à dire malgré tout.

Elle me jeta le même regard aigu que précédemment, après notre premier baiser, puis d'un coup de langue précis et rapide elle fit disparaître les deux gouttes.

«Excuse-moi encore pour ma maladresse, dit-elle avant de tourner les talons. Bonne nuit.

— Bonne nuit.»

Je refermai. Et voilà: la prophétie — si on pouvait appeler cela une prophétie — était réalisée. Le mystérieux auteur n'avait-il pas écrit, en post-scriptum: «Tout cela est vrai, je ne suis ni une folle, ni une mythomane, ni une détraquée sexuelle: quiconque en doute, je le ferai mordre par Toutou»?

Elle avait tout nié, je l'avais cru et j'avais opiné du bonnet, et en même temps je la poussais dans le cabinet d'un psychiatre… de quoi avoir droit amplement à une morsure.

Et c'en était une — deux petits trous ronds, bien nets quoique peu profonds, mais qui n'avaient rien d'écorchures causées par des ongles, comme je m'en aperçus en m'examinant dans le miroir de la salle de bains.

Il n'y avait plus qu'une chose à faire, rompre avec ce diable sur deux pattes, qui, *sans même apparemment avoir pris connaissance du fameux post-scriptum,* avait cru bon de me blesser avec un quelconque instrument…

Néanmoins, j'étais décidé à lui arranger un rendez-vous avec mon confrère, car elle en avait grandement besoin.

Le lendemain, comme convenu, je lui ménageai une entrevue avec Corbeil.

Corbeil était un psychiatre couru, très compétent, amateur de beau sexe, et qui habitait un immeuble de luxe de la rue Sherbrooke où il avait également son cabinet. Parce que c'était moi, il accepta de la voir le jour même, après ses heures de travail, c'est-à-dire à dix heures du soir.

Je ne lui dis rien de Gisèle Ribeault, sinon que c'était une de mes ex-patientes et que, à mon avis, elle avait peut-être besoin de soins.

Un peu plus tard, je reçus un coup de téléphone de Gisèle. Après avoir noté les coordonnées de Corbeil, elle me réitéra sa promesse de le consulter:

«Je n'ai qu'une parole, souviens-t-en», conclut-elle.

Cela, je ne sais trop pourquoi, me sembla avoir quelque sens sinistre caché et, désagréablement impressionné, je soupirai de satisfaction en raccrochant.

Dans la journée, je ne pus m'empêcher de repenser à plusieurs reprises à l'invraisemblable affirmation de l'auteur du cahier, comme quoi elle pouvait changer en serpents ses amoureux.

C'était du délire mais — peut-être à cause des événements extraordinaires que l'on sait — je ne réussissais pas à chasser la chose de mon esprit. «Si elle transformait Corbeil en reptile?» me demandais-je bêtement.

D'autant plus que Corbeil, je l'ai dit, aimait les femmes. Gardant prudemment ses distances avec ses patientes, il n'hésitait pas, cependant, à lever toutes celles qui lui plaisaient — ce que, pensais-je, il serait peut-être tenté de faire avec Gisèle Ribeault s'il jugeait qu'elle n'avait pas besoin d'être soignée.

Je refoulai du mieux que je pus toutes ces sombres idées, histoire d'essayer de garder la tête solide. Car à voir la mine avec laquelle Claudette me regardait à la dérobée, à en juger aussi à la façon distraite dont je reçus mes patients ce jour-là, il était clair que mes aventures m'avaient grandement perturbé. Néanmoins, je suis assez fier de pouvoir le dire, je demeurais tout à fait sain d'esprit, en dépit de l'espèce de vertige mental qui m'avait pris après ma lecture du fameux cahier.

Le jour d'après, malgré ma prétendue décision de ne plus revoir Gisèle Ribeault, j'aurais donné mille dollars pour avoir, par elle ou Corbeil, des nouvelles de la consultation. Mais ni l'un ni l'autre ne m'appela et de mon côté, à cause du secret professionnel, je n'osai pas téléphoner à mon ami.

Cependant, j'eus des nouvelles d'eux le soir même, de la façon la plus inattendue.

Après mes heures de travail (on était samedi, mais j'ai l'habitude de travailler même ce jour-là), je soupai légèrement Chez Jean Cayer, rue Drummond, puis je gagnai la bouche de métro la plus proche, car j'avais décidé d'aller au cinéma.

Avant de descendre sur le quai, j'arrêtai au kiosque à journaux pour acheter un paquet de Dentyne. La vendeuse, une grosse fille rousse, était au téléphone et parlait à tue-tête, et en attendant qu'elle me rende ma monnaie, je baissai les yeux sur les manchettes du jour.

«Chute d'un dixième étage», disait l'une en caractères énormes; «La victime est un médecin», précisait le titre en plus petits caractères qui coiffait la manchette.

On est toujours curieux du sort de ses confrères et j'ouvris le journal:

«Un médecin, un psychiatre, le Dr Jean-Louis Corbeil, trente-huit ans, est tombé dans la rue hier soir, vers 10 h 45, d'une fenêtre de son appartement situé au dixième étage d'un immeuble de la rue Sherbrooke Ouest.

«La chute, de plus d'une centaine de pieds, a fait que le malheureux est mort instantanément en touchant le sol, où il s'est littéralement désagrégé en une bouillie de chair et de sang à cause de la violence du choc.

«Selon les sergents-détectives Arthur Vigeant et Raoul Cadieux, de la police de la Communauté urbaine, qui ont été chargés de l'enquête sur la mort violente du Dr Corbeil, tout indique qu'il s'agit d'un suicide, car on n'a trouvé aucune trace de violence ou de querelle dans l'appartement de la malheureuse victime et on tend à croire que le médecin était seul chez lui au moment du tragique événement.»

Cela continuait ainsi sur deux pleines pages, avec de grandes photos sordides.

J'en avais des nausées, mais je lus néanmoins les deux pages. À un moment, une voix forte, au ton désapprobateur, me tira de ma lecture:

«Je les vends mes journaux, je les prête pas!»

C'était la grosse rousse. Je la regardai sans vraiment la voir, puis, machinalement, je lui tendis une pièce de vingt-cinq sous, et je poursuivis ma lecture.

En résumé, le cadavre était méconnaissable, mais à ses vêtements, à cause aussi de la fenêtre brisée, on avait conclu qu'il s'agissait bien de Corbeil. La police (mais elle pouvait mentir) semblait croire qu'il n'y avait eu personne avec lui depuis dix heures ce soir-là et qu'il avait donc été seul au moment de sa mort, puisque selon son agenda il avait reçu son dernier patient à neuf heures.

La tête de mon malheureux ami s'était détachée du tronc on ne savait trop comment. Elle avait roulé jusque de l'autre côté de la rue Sherbrooke où on avait fini par la découvrir contre la porte d'une boutique d'antiquaire en sous-sol. Enfin, selon le journal, les policiers «avaient cru voir une morsure, comme une morsure de serpent, sur la

lèvre inférieure de la victime, au cours d'un premier examen à la lampe de poche», ce qui, concluait le reporter,
«ajoute un élément de mystère à l'affaire».

8

Je quittai la station de métro, gagnai la rue Sainte-Catherine et, le journal sous le bras, je dirigeai mes pas vers l'est de la ville, en zigzaguant dans l'épaisse foule des samedis soir. À un moment — sans doute un réflexe de défense —, je fus tenté de jeter le journal dans une poubelle municipale, mais je me ravisai.

Autant que je me souvienne, la soirée était magnifique, chaude sans être humide, ce qui est assez rare à Montréal. Vêtues de toutes les couleurs et à toutes les modes, les femmes faisaient comme un kaléidoscope devant mes yeux, mais, à vrai dire, je ne jouissais pas du spectacle. J'allais comme un automate, la tête brûlante, absent à ce qui m'entourait. Par moments, des images violentes me traversaient l'esprit, comme si involontairement j'avais essayé d'imaginer ce qui avait pu se passer entre elle et Corbeil.

Le front gras de sueur, je finis par prendre une rue transversale et je montai vers la rue Sherbrooke.

J'ai toujours aimé la rue Sherbrooke et je l'aime encore malgré les coups qu'on lui a portés par la construction de buildings inharmonieux. Il n'y a pas vingt ans, c'était une rue majestueuse, relativement libre de trafic, et qui invitait à la promenade. Une rue pour philosopher et causer entre amis. Les autos y pullulent aujourd'hui, mais, par on ne sait trop quel miracle, même si on peut difficilement parler à cause du vacarme du trafic, on peut encore y mettre bout à bout quelques idées.

Ce fut sans doute un profond besoin inconscient de rassembler les miennes qui me mena là, et, enfin, je réussis à y mettre un certain ordre.

Ma raison, comme un guetteur aux aguets, me disait que Gisèle Ribeault avait pour un motif ou l'autre poussé Corbeil dans le vide, ou alors elle lui avait fait une peur mortelle et il s'était défenestré, ce qui en gros revenait au même.

«Quoi qu'il en soit, pensais-je, il y a eu mort d'homme et je dois informer la police de sa présence.»

Mais, finalement, mon sentiment pour elle l'emporta et je décidai de la voir pour la questionner et la sonder avant d'alerter les forces policières. «Il se peut qu'elle n'y soit pour rien, me répétai-je à quelques reprises pour me justifier à mes propres yeux. Il se peut même qu'elle ne soit pas allée à son rendez-vous.»

Bien sûr, je me mentais, car j'étais persuadé du contraire.

Arrivé rue Papineau, je rebroussai chemin et, le cœur bizarrement léger, pensant maintenant à tout autre chose, je retournai chez moi à pied, en allant en escalier vers le nord de la ville par de petites rues, Rachel, Saint-André, etc., après quoi je pris le boulevard Mont-Royal.

Je commençai mes recherches le lendemain, qui était dimanche. Recherches est un bien grand mot car je n'avais pas son adresse — je me rappelais seulement que son appartement, où je m'étais retrouvé après ma *brosse*, était situé quelque part dans le coin des rues des Érables et Saint-Zotique.

Peut-être pourrai-je la dénicher par son mari, à supposer qu'il vive encore, me dis-je en avalant une tasse de café, et je me rendis en taxi à mon cabinet pour consulter sa fiche. Je la trouvai rapidement, car Claudette, qui a un esprit méthodique, classe tout méticuleusernent.

«Ribeault, Gisèle, 3127, boulevard Édouard-Montpetit, appartement numéro 17», disait la fiche, ce qui était à deux pas de chez moi.

Re-taxi. Je tombai sur un os: l'immeuble, qui avait abrité des humains, était maintenant occupé par l'Université de Montréal.

Ne me restait plus qu'à aller rôder rue Saint-Denis et rue Crescent, où l'auteur du cahier noir disait passer son temps. Je fis systématiquement tous les bars et restaurants des deux rues, mais en vain. Et puis j'abandonnai.

Lundi.

Sitôt levé, j'appelai Claudette chez elle pour lui dire que j'aurais une heure ou deux de retard, et je me rendis à Radio-Canada. Vaguement intimidé, je demandai mon chemin à quelques personnes et je réussis enfin à mettre les pieds dans le service où, d'après mes souvenirs, elle travaillait. Je croyais la trouver aisément. Aussitôt la porte franchie, je la demandai donc à la première personne que je croisai, une jeune fille vêtue comme une gravure de mode, une pile de dossiers dans les bras, et qui allait sortir.

«Je connais pas de Gisèle Ribeault, me répondit-elle. Qu'est-ce qu'elle fait?

— Elle est script. Je suis bien aux affaires publiques de la télévision?

— Oui, oui, c'est ici. Vous savez le nom de son réalisateur? C'est peut-être dans un autre service.

— J'ai oublié son nom. Elle est brune. Les cheveux courts. Très jolie.

— Ça me dit rien. Je suis un peu pressée, acheva-t-elle en commençant à s'éloigner. Si vous voulez demander à quelqu'un d'autre...»

Elle eut un sourire d'excuse.

Je passai une heure et quart à la demander et, de guerre lasse, sur le conseil d'un barbu rond comme une boule, j'allai finalement frapper à la porte du service du personnel. Néant. Dans la mesure où Radio-Canada était concerné, Gisèle Ribeault n'existait pas.

Qui pis est, une petite vieille du service, qui disait connaître de vue toutes les scriptes et à qui je décrivis en détail mon ex-patiente, me déclara d'un ton péremptoire qu'il n'y avait dans la maison aucune scripte correspondant à ce signalement.

Je retournai à mon cabinet tout à fait baba. Quel était ce nouveau mystère?

Je lui accordai une dernière chance et, à l'heure du dîner, j'allai rôder dans le secteur des rues de la Montagne et Crescent, qui sont à deux pas de mon cabinet. Chou blanc.

De retour au travail, enfin, après avoir avalé un sandwich malgré ma gorge sèche, j'appelai la police. Je dis qui j'étais et je fis part à mon interlocuteur, en quelques mots, de la présence probable de Gisèle Ribeault chez Corbeil le soir de sa mort. J'ajoutai que je ne lisais pas les journaux et que j'avais appris la journée même seulement, par hasard, la mort du psychiatre.

Les choses se corsèrent quand l'homme me demanda des détails sur elle. Comme je lui avais souligné qu'elle était de mes patients, il s'étonna que j'ignore et son adresse et son travail.

Je ne lui dis rien au sujet de son prétendu emploi à Radio-Canada et je tus, bien sûr, les événements abracadabrants que l'on sait, mais je précisai:

«C'est une ex-patiente, en fait. Je ne l'avais pas revue depuis quatre ans. Je l'ai rencontrée dans un bar dernièrement. J'ai parlé avec elle, et c'est moi qui lui ai conseillé de voir Corbeil, c'est moi aussi qui ai arrangé le rendez-vous. J'ai une adresse, son adresse quand elle est venue me voir il y a quatre ans, mais j'ai vérifié et c'est l'Université de Montréal qui occupe l'immeuble maintenant.»

Dès le lendemain, comme je m'en étais douté après mon coup de fil, je reçus la visite d'un policier.

C'était vers la fin de l'après-midi. Claudette vint me faire part d'un air un brin perplexe de sa présence (je ne compte pas de policiers parmi mes amis), et j'expédiai ma dernière cliente pour ne pas trop le faire attendre.

Les policiers passent pour des buses et, que je sache, ce sont des buses pour la plupart. Celui-ci était l'exception qui confirme la règle. Cheveux gris coupés en brosse, la tête carrée et la gueule tordue, les yeux petits, très vifs, le tout monté sur une carcasse assez corpulente, de taille moyenne — c'était l'image parfaite du policier brillant et sûr de soi: on aurait dit un gangster.

«Arthur Vigeant, fit-il en me tendant la main.

— Asseyez-vous. Je devine pourquoi vous venez me voir, dis-je.

— Est-ce que c'est une farce?» demanda-t-il, et il croisa lentement les jambes en me regardant dans le blanc des yeux.

Je fis pivoter mon fauteuil tournant sans mot dire et je pris dans le classeur la fiche de Gisèle Ribeault que je lui tendis par-dessus mon bureau.

«C'est tout ce que je sais d'elle, dis-je. Malheureusement. C'est à vous que j'ai parlé hier?»

Il leva les yeux:

«Vous avez parlé au sergent de garde.

— Je sais autre chose, que je n'ai pas dit à votre sergent.»

Il se taisait.

«Quand je l'ai rencontrée à une terrasse…

— Où ça? coupa-t-il.

— Chez Pedro, boulevard de Maisonneuve.

— Le jour ou le soir?

— C'était le soir, dis-je. Donc, quand je l'ai rencontrée, elle m'a dit qu'elle travaillait à Radio-Canada, elle m'a même dit dans quel service: aux affaires publiques de la télévision. Hier (je m'exprimais lentement pour ne pas commettre d'impair)… avant de vous appeler, j'ai vérifié auprès de Radio-Canada. Elle ne travaille pas à Radio-Canada et ils n'ont jamais entendu parler d'elle.

— Vous avez téléphoné ou si vous êtes allé?»

J'hésitai un bref instant, mais à son air je devinai qu'il avait déjà parfaitement compris que je ne disais pas tout.

«J'y suis allé, répondis-je.

— Pourquoi? Ça me semble étonnant.»

Finaud, le bonhomme: après avoir attaqué sèchement, il se mettait à raisonner en douceur, mine de rien, l'air d'un chat qui s'approche à pas feutrés d'un moineau.

Je savais assez bien comment échapper à ce genre de chasseur: en me collant le plus près possible à la vérité, de façon à éviter les gaffes.

«C'est pas si étonnant, répondis-je. J'étais plus ou moins amoureux d'elle.

— Ah! bon. Vous l'avez vue une fois, vous l'avez revue une autre fois quatre ans après, et vous êtes tombé amoureux d'elle, fit-il avec une pointe d'ironie.

— Sautez pas aux conclusions: je l'ai rencontrée un soir, puis… bon, j'ai passé la nuit avec elle. C'est une très belle femme.

— Après, vous ne l'avez plus revue?

— J'aurais bien aimé. Je l'ai cherchée, mais je n'avais pas son adresse.

— Si vous l'aviez trouvée à Radio-Canada, qu'est-ce que vous lui auriez dit?

— Je trouvais ça horrible, inimaginable qu'elle ait pu être la cause de la mort de Corbeil. Corbeil était un de mes amis, on a étudié ensemble. J'ai passé la journée de dimanche à la chercher — j'avais appris la nouvelle le samedi par le journal —, puis hier je suis allé à Radio-Canada. Je voulais… comment dire?… c'est comme si j'avais voulu m'assurer qu'elle n'avait rien à voir là-dedans. Ensuite, j'ai appelé la police.»

Je me tus.

«Décrivez-moi-la, dit-il.

— Vous ne l'avez pas retrouvée? demandai-je étonné.

— Mon cher monsieur, c'est comme si elle n'avait jamais existé.

— Je n'en reviens pas», dis-je, puis je lui fis un portrait des plus minutieux de Gisèle Ribeault.

Il ne me questionna pas plus avant, prit quelques notes et il s'en alla, non sans me regarder de travers comme pour me faire sentir que mes réponses avaient été loin de le satisfaire et que je n'en avais peut-être pas fini avec lui.

J'étais étrangement fatigué (trop d'émotions), mais plutôt que de rentrer directement chez moi ou d'aller souper au restaurant comme je fais souvent, je décidai d'aller marcher sur le mont Royal et de souper là-bas d'un hot dog et d'un Coke. J'avais besoin de solitude et de m'aérer l'esprit.

Une autre surprise m'y attendait.

9

L'air était doux, le ciel très bleu, et plutôt que de prendre un taxi comme j'en avais eu d'abord l'intention, je me rendis sur la montagne à pied, par le chemin de la Côte-des-Neiges.

La marche me fit du bien. Les autos étaient assez rares (il était passé six heures), les passants encore plus rares. Il n'y avait que quelques personnes, hommes et femmes, qui profitaient de l'heure creuse pour promener leurs chiens.

Quoique la voie soit en pente, j'allais d'un bon pas, en respirant à fond comme je l'avais appris de mon moniteur de *jogging* quelques années auparavant.

Le charme de la soirée opéra sur moi peu à peu et, bientôt, c'est seulement par intermittences que je repensais à la mort de Corbeil et à Gisèle Ribeault, qui avaient occupé presque toutes mes pensées depuis mon réveil. En fait, aussi bête que cela puisse sembler, je pensais surtout au hot dog et au *sundae* que j'allais bientôt engloutir, car j'avais faim.

Peu après le boulevard appelé «The Boulevard», je pris la petite rue Hill Park, qui est un raccourci pour le mont Royal, et j'arrivai en vue du grand bassin pompeusement nommé le lac des Castors, où il n'y a que des canards.

Un concert de caquètements m'accueillit. Deux garçonnets, torse nu, lançaient des morceaux de pain aux volatiles, qui se les arrachaient à coups de bec. Çà et là, sur les pentes voisines de la pièce d'eau, des chiens couraient à une vitesse folle et se pourchassaient en aboyant.

Je m'assis sur la pelouse et, un vague sourire aux lèvres, je me régalai de la scène.

Dix minutes plus tard, j'étais au *snack* du grand bâtiment municipal situé à un bout du bassin. Je pris un hot dog, des frites et un Coke, et j'allai m'installer sur un banc de la terrasse.

En bas, des petits poissons, qui montaient à la surface pour venir gober des insectes, faisaient des ronds sur l'eau.

À part moi, il n'y avait qu'une seule autre personne sur la terrasse. Une petite vieille visiblement détraquée, vêtue malgré la chaleur d'un imperméable mastic crasseux, des gants de laine rouges troués aux mains, et qui avait près d'elle deux grands cabas en papier, pleins, me sembla-t-il, de vieux journaux.

Elle avait les yeux rougis et jaunes et ne quittait pas mon casse-croûte du regard.

En temps ordinaire, je n'aurais accordé qu'un coup d'œil à la vieille femme. Cette fois, sans même y réfléchir, je pris un billet de deux dollars dans ma poche et j'allai le lui porter.

«Mangez quelque chose, dis-je. Belle soirée, hein?»

Elle regarda le billet avec une mine étonnée, puis, sans un mot, agrippa vivement ses deux sacs et fonça vers le *snack.* Je ne la revis plus.

Je me payai ensuite un *sundae* et un café, après quoi j'allai marcher. Passant par la pelouse, je montai nonchalamment vers l'allée asphaltée qui mène au point de vue, sur le sommet de la montagne. Je suivis l'allée jusque là-haut, d'un pas toujours aussi traînant, en évitant les crottes de cheval.

Le temps était si clair que, du point de vue, on voyait dans le lointain tous les monts de la plaine de Montréal.

Je restai là une vingtaine de minutes, à me rafraîchir au petit vent qui soufflait à cette hauteur, puis, lentement, je m'engageai dans les sentiers qui, traversant le bois, conduisent au parc Jeanne-Mance.

Le soir commençait à tomber, mais j'étais bien, l'esprit enfin calmé, et j'allais lentement, en mâchouillant des brins d'herbe.

J'étais à deux cents pas peut-être de la croix du mont Royal quand près de celle-ci, au bord du sentier, je vis soudain bouger les feuilles. Je ralentis le pas. Un museau roussâtre apparut. C'était — croyez-le ou pas — un renard, qui s'élança soudain dans ma direction comme s'il avait fui quelque chose. Puis il m'aperçut, bifurqua sec à angle droit et disparut sous le couvert.

Je ris tout haut un moment et je poursuivis mon chemin. Entre les arbres, je voyais la ville, toute en tons pastel à cause de l'heure, et, plus loin, le pont Jacques-Cartier et le fleuve. Sur ces entrefaites, même s'il faisait encore passablement clair, la croix du mont Royal s'alluma.

Depuis mon départ du point de vue, je n'avais rencontré personne, hormis le renard. Tout était de nouveau étonnamment calme quand, sur ma droite, des bruits de branchages froissés et de pas attirèrent mon attention.

Je passais à ce moment-là au pied de la croix lumineuse et j'aperçus à travers le feuillage une silhouette blanche. Elle montait la pente et s'approcha.

C'était une jeune fille vêtue d'un jean blanc et d'un chemisier de toile également blanc. Ses cheveux étaient assez longs, mais frisés et très ébouriffés, et, curieusement, elle allait nu-pieds. Elle traversa le sentier à dix pas devant moi, sans me voir, et continua à monter vers le sommet. Je ne lui avais aperçu qu'un œil, et encore de profil, mais cela suffit et (peut-être à cause de la solitude) j'eus une espèce de frisson intérieur: l'œil était très rond — un regard d'hallucinée ou de droguée. De plus, elle avait une démarche comme d'automate.

Elle était venue par le côté du parc Jeanne-Mance, c'est-à-dire de l'escarpement, qui est presque à quatre-vingt-dix degrés, et l'espace d'un instant je me demandai comment elle avait pu monter.

Elle allait toujours tout droit, le buste raide comme une planche, les arbustes lui cinglant les jambes.

Le souffle me manqua. Trente pas plus haut, sur le chemin que suivait la jeune fille, se tenait Gisèle. Elle était vêtue d'une robe blanche ou gris pâle (il faisait de plus en plus sombre, de sorte que je n'étais pas sûr de la couleur) et tenait un homme par le bras. Même si j'étais abasourdi de la retrouver par le plus pur des hasards, ce fut surtout son compagnon qui retint d'abord mon attention.

Je n'avais jamais vu pareil phénomène. Habillé d'un complet de velours violet, il était coiffé d'un chapeau de coupe standard, mais taillé dans le même tissu. Entre le complet et le chapeau, une longue tête bizarrement dépourvue de cou, en forme de pastèque, au teint lisse et pour ainsi dire blanc lait.

Ni grand ni petit, quoiqu'un brin corpulent, l'homme était sans âge. Cependant, il tenait la tête légèrement courbée comme un vieillard et j'eus l'impression qu'il regardait la jeune fille approcher.

«Bonsoir, ma grande, dit Gisèle lorsque celle-ci passa près d'eux.

— Bonsoir, maman», répondit la jeune fille d'une voix grave, et elle poursuivit son chemin.

Je sortis de l'espèce de transe où je me trouvais plongé depuis un moment (une impression d'irréalité, comme au théâtre) et, faisant le moins de bruit possible, comme si j'avais craint leur réaction, je montai à la rencontre de Gisèle et de l'homme au visage blanc. Au bout de quelques pas, je leur jetai un coup d'œil craintif, mais, chose étrange, ils ne semblaient pas me voir.

Faute de mots, je décrirai succintement la suite, qui est le plus extraordinaire de l'affaire. J'étais disons à quinze pas d'eux, debout comme des statues sous les arbres, lorsque l'air devant Gisèle se brouilla, comme si un mur d'eau s'était soudain interposé entre nous.

Puis je cessai de la voir — je veux dire qu'elle avait disparu.

Je stoppai net, les dents se mirent à me claquer dans la bouche, tandis que l'homme en violet baissait son pantalon et s'accroupissait.

Absurde, fou, délirant, dira-t-on, mais j'ai alors vu, de mes yeux vu, une forme en long (un serpent?) se dresser dans les feuilles mortes et, après quelques contorsions, pénétrer dans le corps du bonhomme, en passant, je suppose, par le rectum.

Comme quelqu'un qui a fini de se soulager, l'homme en violet se redressa, se reboutonna, et puis, sans que l'air cette fois se brouille, il disparut comme une apparition.

En même temps, un grésillement qui me sembla terriblement puissant se fit entendre dans mon dos, et instinctivement, avec les bras, je protégeai ma figure. C'était la croix du mont Royal qui, pour je ne sais trop quelle raison, venait de s'éteindre: ses centaines d'ampoules avaient grillé d'un coup.

10

Je restais saisi, incapable de bouger. La croix éteinte, il me semblait faire beaucoup plus noir que je ne l'avais cru jusque-là, alors qu'au bas de la montagne la ville était piquée de milliers de lumières.

Mon hésitation ne dut pas durer deux secondes et fit place soudainement à une peur panique. Au risque de me casser la figure (mes yeux ne s'étaient pas encore faits à l'obscurité), je dévalai la pente et courus vers le sentier que j'avais quitté quelques minutes plus tôt.

Juste comme j'allais l'atteindre, mon pied buta contre quelque chose, sans doute une pierre, et je m'étalai durement de tout mon long, glissant sur une courte distance comme un toboggan. À moitié assommé, je me relevai avec peine; les orteils du pied touché et la poitrine me faisaient terriblement mal, mes mains étaient écorchées, brûlantes, et saignaient.

Tout tremblant, je chambranlais encore quand une main se posa par derrière sur mon épaule. Comme un ressort, je fis un incroyable saut de côté et me mis à bredouiller:

«Qu'est-ce que-que…

— Calmez-vous», fit une voix grave, bien posée, et, n'en croyant pas mes yeux, je vis devant moi l'homme en

violet. Il tenait contre lui, par le guidon avant, un véhicule
rare — un tandem.

«J'ai, mon bon monsieur, un service à vous demander», reprit-il.

Sans m'en apercevoir, je m'écartais de lui en reculant, mais mon pied heurta la même maudite pierre que
plus tôt et je tombai sur le derrière.

«Charmant! gloussa l'homme en violet, et il eut un
petit rire grêle. Relevez-vous.»

Je fis ce qu'il me disait, sans le quitter un seul instant
des yeux. Sa figure était lunaire, encore plus blanche que
le souvenir que j'en avais gardé; sa tête, par sa forme
oblongue — ridicule mais c'est comme ça — rappelait la
tête de la mascotte de la marque de chips Humpty Dumpty.
Le plus bizarre était que je distinguais mal ses traits, à
cause peut-être de l'obscurité (toutefois, mes yeux s'y
étaient faits en partie), ou peut-être encore parce que,
mystérieusement, il semblait avoir les traits flous, à peine
formés.

«J'ai… je dois ramener ce véhicule, m'expliquait-il,
et il jetait un coup d'œil sur son tandem. Je me suis égaré.
Est-ce que vous seriez assez aimable… je suis assez âgé.
Je suis médecin, je suis de garde ce soir à l'hôpital.»

Cette fois, je n'en croyais pas mes oreilles: l'homme
en violet s'était fait tout humble et semblait presque aussi
démuni qu'un vieillard, si j'en jugeais par sa façon hési-
tante de s'exprimer.

Pourtant, malgré ses airs bonasses, j'avais peur. En
même temps, quelque chose m'empêchait de prendre la
fuite et mes pieds étaient comme rivés en terre.

Je réussis enfin à grommeler quelques mots:

«Où est… où est la personne qui était avec vous? Je
vous ai vu tantôt avec quelqu'un.

— Vous avez la berlue. J'arrive et je suis venu seul. Ma santé est chancelante et j'ai besoin d'exercice. Vous venez?

— Vous avez pédalé jusqu'ici? jusqu'en haut? repris-je, franchement étonné et à la fois désireux de gagner du temps.

— Est-ce que j'ai l'air d'Eddy Merclax? demanda-t-il avec un brin d'ironie.

— Comment avez-vous fait, alors?

— J'ai poussé ma machine», répondit-il, et, sans plus s'occuper de moi, il se mit à suivre le sentier en traînant son tandem.

Après tout ce qui s'était passé plus tôt, n'importe qui de sensé, à ma place, aurait déjà été à un mille de là. Mais ce fut plus fort que moi: je lui emboîtai le pas comme un petit chien, quoique mes pieds fussent terriblement lourds, comme de plomb, et que j'eusse l'impression de devoir les arracher de terre à chaque pas.

L'homme en violet marchait devant moi, avec son tandem qui brinquebalait sur le sentier inégal.

«Montréal est une ville charmante», dit-il à un moment.

J'étais désemparé, ou plutôt comme étourdi, et je restai muet. Mon compagnon s'arrêta soudain, au haut de l'escalier de pierre qui mène au parking dominant le parc Jeanne-Mance, et je faillis rentrer dans le tandem.

«Ô ma ville, disait-il la main tendue, tu t'es faite belle pour recevoir ton prince!»

J'étais à essuyer mon front couvert de sueur avec ma manche, et je ne compris que le mot *prince*.

«Vous appelez votre chien?» demandai-je.

L'homme en violet (ou la Farine, comme j'avais commencé à le nommer dans mon for intérieur à cause de

la blancheur de son teint) m'adressa un large sourire et
désigna la ville illuminée dans la nuit:

«Je contemplais cette ville charmante, expliqua-t-il,
et je répétais le célèbre mot de votre célèbre cardinal: «Ô
ma ville, tu t'es faite belle pour recevoir ton prince.»

— Ah! bon, dis-je, je comprends.

— Grand bien vous fasse, dit la Farine d'un air amusé,
et, reprenant le guidon, il entreprit avec prudence la des-
cente de l'escalier. Aidez-moi, ne me laissez pas tout le
travail», reprit-il après quelques marches.

J'empoignai les poignées du guidon arrière et, comme
il me le demandait, je l'aidai à mener son véhicule au bas
de l'escalier.

Puis la Farine s'installa en selle, je montai derrière lui
et, après avoir traversé lentement le parking, nous nous
engageâmes sur le chemin Camillien-Houde.

Bientôt, le tandem allait à un train d'enfer, le vent me
sifflait aux oreilles et, chemin faisant — sans doute à cause
de l'air frais qui me fouettait la figure —, je commençai à
me raplomber.

«À quel hôpital travaillez-vous?» demandai-je.

Il ne sembla pas comprendre, et je répétai la question
à tue-tête.

«Chez nos amis! cria-t-il en tournant à moitié la tête.
Freinez.»

Je mis les freins (nous arrivions à l'intersection du
boulevard Mont-Royal et du chemin de la Côte-Sainte-
Catherine), le tandem ralentit.

«Quels amis? Qu'est-ce que vous voulez dire? repris-
je.

— À Saint-Jean-de-Dieu», lança-t-il par-dessus son
épaule. Déjà, nous filions vers le centre de la ville par
l'avenue du Parc.

Une véritable histoire de fous, pensai-je, et dans tous les sens du mot. Parti faire une promenade sur le mont Royal, je me retrouvais sur un tandem, faisant route vers un asile d'aliénés, avec un soi-disant médecin. L'idée me traversa soudain l'esprit que mon compagnon était un fou qui s'en était échappé: son accoutrement, ses propos bizarres et jusqu'à ce véhicule abracadabrant, tout semblait l'indiquer.

«Dans quelle discipline êtes-vous? criai-je.

— Je suis psychiatre. Ça ne se voit pas?» répondit-il.

Une auto de sport nous frôla en klaxonnant comme nous entrions dans l'échangeur et la Farine serra contre le parapet de béton qui sépare les voies nord et sud de l'avenue.

«Économisez votre souffle!» reprit-il.

Quelques instants plus tard, nous descendions la rue Saint-Urbain, en direction de la rue Sherbrooke, et, vu que notre allure était réduite, je n'avais plus besoin de crier.

Là-dessus, je réalisai que j'avais maintenant les idées tout à fait claires et que, curieusement, l'appréhension diffuse, et même la peur, qui s'étaient emparées de moi sur le mont Royal, avaient disparu. Ma décision était prise: j'allais en avoir le cœur net, c'est-à-dire élucider l'énigme de ma rencontre avec Gisèle et l'homme en violet, ou alors je le plantais là avec son tandem au premier coin de rues.

«Je vous ai vu il n'y a pas trente minutes, dis-je hardiment, sur la Montagne, avec une femme de ma connaissance, Gisèle Ribeault. Près de la croix du mont Royal.

— Qu'est-ce que vous me chantez là? dit la Farine. Je vous ai déjà dit que je venais d'arriver là-haut quand je vous ai rencontré.

— Gisèle Ribeault est une espèce de maniaque ou de démon, enchaînai-je. Elle a disparu, puis quelque chose comme un serpent vous est entré dans le corps, et vous avez disparu à votre tour. Aussitôt, la croix s'est éteinte soudainement. Expliquez-moi tout ça!»

La Farine freina sans avertir, prit pied sur le trottoir et se tournant vers moi, me regarda un moment avec des yeux immenses d'halluciné. À croire que je m'étais transformé en Mister Hyde et que, terrifié, il s'apprêtait à abandonner son tandem et à déguerpir.

«Vous êtes-vous échappé de Saint-Jean-de-Dieu? demanda-t-il enfin.

— C'est vous qui avez l'air d'en sortir! m'exclamai-je. Regardez-vous!»

Quelque chose dans sa personne, je ne sais trop quoi, me fit soudain mortellement peur, et je voulus sauter du tandem. Trop tard!

J'étais... comment dire? En un mot, je me retrouvais inexplicablement privé de volonté et plutôt que de détaler à toutes jambes comme je l'aurais voulu, je restai bien calmement assis sur ma selle. *Bien calmement,* mais en apparence seulement: au-dedans, je tremblais, j'avais peur comme j'imagine qu'on a peur devant un phénomène d'origine surnaturelle, hors de portée de l'esprit humain.

Puis des mots sortirent de ma bouche — tout le contraire de ce que je voulais dire:

«Excusez-moi. Je ne pensais pas ce que j'ai dit. Je dois souffrir de surmenage.

— Le surmenage est la maladie du siècle, fit observer philosophiquement la Farine. Excusez-moi de même, j'ai oublié de me présenter. Je suis le bon docteur Barbin.»

Il me tendit la main d'un geste tout naturel et je la lui serrai.

«Je suis médecin, moi aussi, dis-je. Je m'appelle Grégoire Rabouin.

— Enchanté, mon cher docteur. Charmante soirée, n'est-ce pas? continua-t-il en regardant au ciel.

— Très belle, en effet.

— Allons-y. Mes chers patients m'attendent.»

Et c'est ainsi, en échangeant des banalités comme deux connaissances de longue date, que nous gagnâmes l'asile sur le tandem. Terrifiant: au-dehors, tout semblait naturel, je veux dire que je me comportais et parlais naturellement, alors que j'étais enchaîné à une volonté qui n'était pas la mienne — ce que je faisais et disais ne m'était pas dicté par ma volonté. Une insupportable angoisse me brûlait intérieurement.

11

Je me demande encore aujourd'hui de quoi nous avions l'air ce soir-là, rue Sherbrooke, la Farine et moi.

Notre véhicule, notre âge aussi probablement, attiraient l'attention des passants et des automobilistes, mais j'ai bien l'impression que ce qui les frappait le plus était l'invraisemblable complet violet de mon compagnon et son chapeau. Ou peut-être était-ce autre chose?

Des gens nous regardaient du coin de l'œil, d'autres, moins timorés, en face. La Farine, bon prince, saluait d'un coup de chapeau tous ceux qui avaient la curiosité de poser les yeux sur nous.

«C'est regrettable que vous n'ayez pas de chapeau, me dit-il à quelques reprises, vous pourriez joindre vos salutations aux miennes. Les gens sont charmants, n'est-ce pas?

— Il y a du bon dans chaque être, que je répondais.

— Il y a du bon même dans les bouches d'incendie», fit observer mon compagnon comme nous en dépassions une.

Tout cela, je le sais, était complètement grotesque et, pour moi, terrible aussi, mais, je le répète, je n'y pouvais rien. Je suivais l'autre comme un chariot suit son attelage.

Imprudence? inattention? toujours est-il que la curiosité des piétons et des automobilistes joua de mauvais tours à quelques-uns.

Ainsi, alors qu'elle nous regardait passer, bouche bée, une femme qui promenait son bébé dans un landau ne remarqua pas une bouche d'incendie, et le landau la percuta durement. C'est à ce moment précis, ou peut-être un instant plus tôt, que la Farine fit son observation comme quoi il y avait «du bon même dans les bouches d'incendie».

J'aurais voulu tourner la tête, car des pleurs puissants de bébé s'élevaient derrière nous, mais je n'y arrivai pas. Le landau avait dû verser et l'enfant rouler sur le trottoir.

Plus loin, cette fois au coin du boulevard Pie-IX où un feu rouge nous obligea à stopper, un gros automobiliste qui nous dévorait des yeux et à qui la Farine tirait son chapeau en souriant, oublia de freiner et rentra avec un épouvantable bruit de ferraille dans la voiture qui précédait la sienne.

«Ah! que les gens sont imprudents! soupira alors le soi-disant docteur Barbin. Qu'en pensez-vous, docteur Babouin?»

Il m'appelait *Babouin,* plutôt que Rabouin. C'était le comble!

Mais au lieu de l'insulter, de protester ou d'exiger de lui des excuses, je ne pus que dire, sottement:

«Il ne faudrait pas que le renouvellement du permis de conduire se fasse de façon automatique. Il faudrait, par exemple à tous les cinq ans, obliger les titulaires à passer de nouveaux examens.

— Vous feriez un excellent ministre des Transports, dit la Farine fort sérieusement. J'en toucherai un mot au Premier ministre.»

Je fais grâce au lecteur des deux autres accidents mineurs que provoqua notre passage, et aussi de toutes les autres âneries que nous débitâmes chemin faisant.

Vers neuf heures, enfin, nous arrivions à l'asile.

Si la Farine n'était pas médecin, il y était du moins fort connu.

Les gardiens à l'entrée, les préposés aux parkings, tous le saluaient poliment, et la Farine, comme à son habitude, leur tirait à tous son chapeau violet.

«Ces échanges de politesses sont le sel de la vie, une chose charmante», m'expliqua-t-il.

Visiblement très familier avec les lieux, il m'entraînait parmi les bâtiments (toujours en tandem et par l'extérieur), et nous passâmes ainsi quelques portes cochères, car il en subsiste un certain nombre dans cet immense établissement, le plus grand du genre au Québec.

«Nous y voilà!» s'écria-t-il enfin.

Je freinai avec lui et nous mîmes pied à terre. La Farine appuya le tandem contre un arbre rabougri, un pommier je crois, et dont les trois quarts des branches avaient été arrachées.

J'avais fait, étudiant, une visite de Saint-Jean-de-Dieu avec mes confrères de classe, comme le veut la tradition, mais notre tandem avait décrit tant de zigzags, nous nous étions, me semblait-il, enfoncés si profondément dans le dédale de bâtiments, que j'aurais été bien en peine de dire où nous étions. Tout seul, je n'aurais sans doute pas pu m'y retrouver.

Le plus déroutant était que l'aile où nous venions d'arriver était plongée dans l'obscurité la plus complète, bien qu'il ne fût que neuf heures du soir. Près de l'entrée, trois cars, du type cars de ramassage scolaire, étaient stationnés côte à côte. Ils semblaient peints en gris et, de ce fait, ils étaient difficilement visibles.

«Pressons, cher Babouin, mes chers patients m'attendent», dit la Farine en se dirigeant à grands pas vers le bâtiment.

J'étais aussi furieux qu'angoissé, cependant je ne pus, à ces mots, qu'allonger le pas.

En passant près des cars, je remarquai une silhouette au volant de chacun, mais l'homme en violet poursuivit son chemin vers l'entrée du bâtiment en m'entraînant dans son sillage.

«C'est l'heure de la récréation de nuit, il ne faut pas avoir une minute de retard! s'exclama-t-il joyeusement.

— Qu'est-ce que c'est, la récréation de nuit? demandai-je.

— Vous verrez! vous verrez!» dit-il du même ton, et il appuya sur un invisible bouton de sonnette.

Une puissante sonnerie retentit dans le bâtiment.

«La récréation de nuit est une de mes contributions majeures à l'amélioration des conditions de vie dans cet établissement, m'expliqua-t-il pendant que nous attendions. C'est le *nec plus ultra* dans ma discipline.»

De la lumière apparut derrière la porte (elle était percée d'une lucarne en losange dans sa partie supérieure), le battant s'ouvrit et une silhouette féminine, tout de blanc vêtue, se montra. Avec l'épaule, la femme tenait la porte grande ouverte et on devinait derrière elle, au-delà du vestibule éclairé, comme une immense salle.

«Bonsoir, chère mademoiselle Ribote, fit la Farine avec un profond salut.

— Bonsoir, cher docteur», répondit la femme avec une inclinaison de tête aussi marquée.

J'eus l'impression que le cœur me dégringolait dans les talons. L'infirmière (on l'aura deviné) n'était nulle autre que Gisèle Ribeault, mise et coiffée de façon impeccable.

La nature humaine est ainsi faite que la première chose que je remarquai fut son costume, d'un blanc éblouissant, ou plutôt le fait qu'il était fabriqué avec un tissu semi-transparent sous lequel se dessinaient avec netteté son soutien-gorge et sa culotte.

Pour la première fois depuis un très bon moment, une idée personnelle réussit à franchir mes lèvres, et je lui dis tout à trac, en la lorgnant:

«Vous devez rendre les fous à moitié fous!

— Monsieur a des idées, fit la Farine ironiquement. Pressons! Mes chers patients sont-ils prêts? ajouta-t-il à l'adresse de Gisèle.

— Ils attendent votre appel sagement.

— Petits, petits! Venez!» lança alors le soi-disant psychiatre d'une voix forte.

J'aurais voulu parler, poser à Gisèle mille et une questions, mais mes lèvres étaient de nouveau scellées. Néanmoins, comme si j'avais été la caricature de la Farine, je réussis à dire ces quelques mots:

«Charmante soirée, n'est-ce pas?

— Très charmante», répondit-elle.

Au même moment, une lourde porte s'ouvrait au fond de la grande salle obscure, et les *petits* de l'homme en violet s'avancèrent vers nous en un bloc compact.

12

Les yeux grands comme des soucoupes, éberlué, je les regardais sortir de l'obscurité, franchir le vestibule faiblement éclairé, d'où ils gagnaient lentement les cars, sans bousculade.

«Ne les fixez pas de cette façon, idiot, vous allez les épeurer!» m'intima Gisèle.

J'étais déjà tout près d'elle, mais, craintivement, je m'approchai davantage, de sorte que ma hanche finit par toucher sa jambe.

«Ils ne vous mangeront pas, n'ayez pas peur, ajouta-t-elle.

— Bonsoir, mes amis. Bonsoir, répétait de son côté la Farine, son chapeau à la main.

— Bonsoir, docteur», disaient les *petits*.

C'étaient des fous, ou des malades mentaux comme on dit aujourd'hui plus pudiquement. Leur nombre (ils devaient bien être une soixantaine) et surtout la diversité et l'étrangeté de leurs expressions faisaient sur moi une très vive impression. Certains souriaient à la Farine et à Gisèle, mais ces sourires consistaient, dans la plupart des cas, en d'invraisemblables grimaces. D'autres passaient, hagards, sans un regard pour Gisèle ou la Farine, d'autres encore avec des expressions changeantes, les traits tordus et tiraillés dans tous les sens. Des têtes étaient penchées de côté, d'autres étaient droites, bizarrement rigides, comme si le cou avait été de béton.

Trois ou quatre, enfin, surtout des femmes, avaient l'air tout à fait normaux, ce qui étonnait plus que tout le reste.

La Farine multipliait les coups de chapeau et, parfois, saluait l'un ou l'autre par son nom.

«Bonsoir, mademoiselle Louise. Monsieur Gendron, bonsoir. Comment allez-vous?»

Il y en avait de tous les âges. À ce que je crus remarquer, le plus jeune, ou plutôt la plus jeune, ne devait pas avoir vingt ans, le plus âgé était un petit vieillard qui semblait friser les soixante-dix ans. Tous, enfin, étaient endimanchés.

«Partons, fit l'homme en violet quand tous furent montés dans les cars. Pressons!»

Gisèle éteignit l'électricité et ferma la porte derrière elle.

«Suivez-moi», me dit-elle.

La Farine, elle et moi, nous montâmes tous trois dans le car de tête.

Notre chauffeur me fit peur: les mains crispées sur le volant, le regard fixe, on eût dit un maniaque qui n'attendait qu'un signal pour se précipiter à cent milles à l'heure dans les rues.

Je l'observais, debout dans le passage, quand Gisèle me poussa sur une banquette.

«Départ!» cria la Farine, qui occupait à lui seul le banc le plus rapproché du chauffeur.

Les cars gris démarrèrent et se dirigèrent par la rue Sherbrooke, à la queue leu leu, vers le centre de la ville.

Le voyage se déroula sans incident. Toutefois, le silence le plus absolu régnait dans notre car, ce qui mettait sur tout cela comme une note supplémentaire d'irréalité.

Gisèle était près de moi, les bras croisés, tenant avec gravité son rôle d'infirmière.

Plusieurs questions me trottaient dans la tête, des questions évidentes qui la concernaient, et aussi le soi-disant psychiatre. Pourquoi avait-elle quitté Radio-Canada? et d'abord, y avait-elle jamais travaillé? Quels liens l'unissaient à la Farine? Que faisaient-ils, elle et lui, ce soir-là, sur le mont Royal? Qu'y avaient-ils fait au juste? À quoi rimait cette balade avec des fous, laquelle, à mes yeux, tenait quasi du rapt? Etc. Mais mon angoisse persistait, j'étais au-dedans terriblement bouleversé, et incapable de prononcer le premier mot de toutes ces questions.

Au surplus, le silence de mort de la troupe de l'homme en violet me glaçait et, même si mes lèvres avaient pu s'ouvrir, je crois que je n'aurais pas dit un mot. Comme si toutes les questions que je me posais s'étaient condensées en une formule unique, la fameuse inscription qui apparaît sur un tableau de Gauguin («D'où venons-nous? qui sommes-nous? où allons-nous?») me hantait l'esprit comme une ritournelle. «Nous venons de Saint-Jean-de-Dieu; nous sommes une bande de fous et nous allons la Farine sait où», que je répondais mentalement, histoire de me moquer de moi-même et de ma situation.

Tout à coup, une voix se fit entendre et je sursautai:

«Vous devez vous poser beaucoup de questions?»

Je revins sur terre et regardai autour de moi pour savoir qui avait parlé.

«Vous cherchez quelque chose?» reprit la même voix.

C'était Gisèle. Son ton n'était ni hostile ni chaleureux. Neutre, tout simplement.

Je faillis dire: «Charmante soirée», mais je serrai les dents, avec ce qui pouvait me rester de volonté, pour barrer la route à cette gluante expression, et seulement une espèce de grommellement animal passa entre mes lèvres:

«Chhmmmréee…», dis-je.

Mes difficultés d'élocution ne semblèrent pas l'étonner et elle se pencha en avant, vers le banc qu'occupait l'homme en violet:

«Vous nous permettez d'échanger quelques mots, cher docteur? demanda-t-elle à ce personnage.

— Oui, mais dans certaines limites, répondit celui-ci. Ne troublez pas les esprits.

— Très bien, dit-elle, et elle s'adossa de nouveau à son siège. Alors, comment allez-vous, monsieur Rabouin?»

Croyant qu'elle entamait un interminable échange de banalités auquel je serais forcé de prendre part contre ma volonté, comme cela s'était passé entre la Farine et moi sur le tandem, je poussai un profond soupir.

«Vous êtes souffrant?» demanda-t-elle.

Et puis, miracle, je pus parler:

«Je nage en pleine démence! m'écriai-je sans répondre à sa question. Je vous ai cherchée pendant des heures à Radio-Canada et finalement j'ai eu la preuve que vous n'y avez jamais travaillé! La police est allée y mettre son nez, et les résultats ont été les mêmes. En plus, j'aimerais bien savoir ce que vous faites maintenant déguisée en infirmière! Qu'est-ce que vous faisiez ce soir sur le mont Royal avec… avec ce soi-disant psychiatre? Qu'est-ce que c'est que cette histoire? ajoutai-je en indiquant les passagers silencieux d'un geste de la main. Le vrai psychiatre, celui que vous êtes allée voir, qu'est-ce qui lui est arrivé? Ensuite…

— Vous le laissez dépasser les bornes, ma bonne de-moiselle Ribote», coupa l'homme en violet en se tournant vers nous.

Là-dessus, une force extérieure à moi me ferma litté-ralement la bouche comme une claquette, et mes dents fi-rent un bruit sec en se frappant. En avoir eu le pouvoir à ce moment, j'aurais étranglé la Farine.

«Pardonnez-moi, cher docteur, dit Gisèle. Nous arri-vons», reprit-elle en jetant un coup d'œil par la fenêtre.

Les cars quittaient la rue Sherbrooke pour prendre la rue Saint-Hubert, vers le sud.

«Où est-ce que nous allons? réussis-je à dire.

— À la récréation de nuit, répondit-elle. C'est une in-vention du docteur Barbin, une forme de thérapie occupa-tionnelle. C'est la grande cause de sa vie, ajouta-t-elle avec des battements de paupière admiratifs.

— Qu'est-ce que vous faites en infirmière?

— J'ai toujours rêvé de me dévouer pour les autres, dit-elle avec une mine confite. J'y suis arrivée grâce au bon docteur Barbin.

— Radio-Canada, vous y avez travaillé? continuai-je d'un ton pressant, dans l'espoir de lui arracher enfin une réponse sincère.

— Tarminus! On deschend! glapit notre chauffeur en stoppant son véhicule.

— Maintenant, taisez-vous, je dois m'occuper de nos malades, me dit Gisèle. Venez.»

Je n'en avais rien tiré, sinon quelques réponses in-vraisemblables, grinçantes de fausseté, et, dépité, sans même chercher à savoir où nous étions, je la suivis.

Les fous descendaient des cars et s'agglutinaient au-tour de la Farine, et de Gisèle et moi. Un bref coup d'œil circulaire m'apprit que nous étions sur le parking de la gare d'autobus Voyageur, rue Berri. L'horloge lumineuse, à l'entrée de la gare, marquait 10 h 30.

«Tout le monde descend!» annonça la Farine.

Je l'ai déjà dit, à mesure que j'avançais dans cette hallucinante aventure, je m'étonnais de moins en moins. Cette fois-là je fus, je l'avoue, un brin surpris: alors que tous étaient déjà descendus, la Farine leur demandait, précisément, de descendre. Délirant!

Je suivis malgré tout Gisèle et l'homme en violet et pénétrai, avec eux et toute la troupe, dans la gare. Puis, guidés par la Farine, nous prîmes l'escalier menant à la station de métro et nous descendîmes sous terre.

13

À la Bonne Chair, disait l'enseigne.

La boutique, une charcuterie où l'on vendait aussi des fromages, était située dans l'une des nombreuses galeries souterraines de la station de métro Berri-Demontigny.

La Farine entra le premier et je le vis, par la vitrine, traverser l'établissement sans s'arrêter. puis pousser une porte blanche dans la cloison du fond. Les fous le suivaient et, un à un, disparaissaient derrière lui dans l'arrière-boutique.

J'étais resté dehors, près de l'entrée de la boutique, avec Gisèle. Celle-ci surveillait les patients, qui devaient y faire la queue à cause de l'exiguïté de la charcuterie-crémerie. Les fous, du moins une bonne partie d'entre eux, paraissaient maintenant très excités et se poussaient pour entrer plus vite.

Étonnés par notre groupe, des usagers du métro ralentissaient le pas ou même s'arrêtaient pour nous observer.

«Du calme! du calme! Ça ne sera pas long», répétait Gisèle à ses malades.

Des patients riaient, visiblement aux anges, une femme, très jolie, se mit à lever et à baisser sa jupe avec des gestes saccadés de petite fille. Elle ne portait pas de culotte. Quelques-uns de ses voisins la regardaient faire avec des airs stupides, d'autres ricanaient en la montrant du doigt.

«Oh! la belle touffe! cria un homme.

— Lucette, baissez votre jupe! ordonna Gisèle en l'apercevant.

— J'ai chaud, très chaud! geignit la malade.

— Baissez votre jupe ou je vous prive de récréation!»

La patiente prit une mine craintive et obéit aussitôt, et la menace eut aussi pour effet qu'on s'agita moins dans les rangs.

Bientôt, tous les fous étaient rentrés dans la charcuterie et je passai la porte derrière eux avec Gisèle.

C'est à ce moment que j'aperçus l'unique vendeur. Il m'observait par en dessous et j'eus un mouvement de recul: la tête oblongue, en forme d'œuf, la peau incroyablement blanche, l'homme avait une ressemblance étonnante avec la Farine. La mine, toutefois, était fort différente, car alors qu'une malice sans bornes se dissimulait sous les airs paternes de la Farine, le vendeur, lui, avait une expression de butor, morne et stupide.

Il se tenait debout derrière un des grands réfrigérateurs vitrés, les mains croisées sur son tablier blanc, placide, sans afficher la moindre surprise à la vue de la bande d'ahuris qui avaient envahi son établissement.

«On dirait le bon docteur Barbin, fis-je remarquer à Gisèle, craintif mais à la fois très heureux de constater que je n'étais pas tout à fait privé de l'usage de la parole.

— De qui parlez-vous?

— Du vendeur.

— Ce n'est pas le bon docteur Barbin. C'est Glougoutte, un de ses bons amis. Bonsoir, Glougoutte, ajouta-t-elle à plus haute voix à l'adresse du vendeur.

— Bonsoir, mademoiselle Ribote, dit celui-ci.

— Suivez-moi», me dit Gisèle.

Les derniers malades franchirent la porte de l'arrière-boutique et Gisèle et moi en fîmes autant. J'étais, pour ma part, fort content d'échapper au regard insistant de la réplique de la Farine.

Commencèrent alors les préliminaires de ce que l'homme en violet et Gisèle appelaient la récréation. J'y pris une part active, mais à mon corps défendant, car j'étais à nouveau entièrement soumis à une volonté autre que la mienne; tout ce que je fis à partir de ce moment me fut donc dicté, sans que j'y sois pour quelque chose.

L'arrière-boutique était une assez grande pièce, sans fenêtres, relativement basse de plafond, et qui pouvait passer pour un entrepôt de taille réduite. Il n'y avait pas de meubles, sauf un petit bureau, plus quantité de chaises pliantes. La Farine était assis au bureau, un grand registre ouvert devant lui, un stylo à la main, et conversait à voix basse avec un vieil homme au nez presque aussi violet que le complet du soi-disant psychiatre.

Singulier spectacle! D'un côté étaient les fous, debout, et qui pour la plupart babillaient entre eux. Tous avaient maintenant au cou, retenu par un bout de ficelle, un carré de carton blanc portant un numéro.

De l'autre côté, face aux patients de la Farine, se tenaient plusieurs dizaines de personnes occupant les chaises pliantes, et qui étaient vraisemblablement arrivées avant notre curieux cortège. Ces gens attendaient je ne savais quoi. Certains conversaient à voix basse, d'autres restaient silencieux, mais tous sans exception considéraient avec intérêt les malades amenés par la Farine. Sitôt que nous fûmes entrés, Gisèle et moi, je remarquai que d'autres visiteurs, venus comme nous par la boutique, se joignaient à ceux qui étaient déjà là.

«Soyez consciencieux! me glissa Gisèle à l'oreille, puis elle s'adressa à voix haute aux gens assis:

«Est-ce que quelqu'un a fait son choix?

— Moi! cria une grosse femme laidement et richement vêtue, et elle se leva.

— Quel numéro?

— Le quarante-neuf.

— Quarante-neuf!» appela Gisèle.

Le patient qui portait ce numéro s'avança. C'était un homme dans la trentaine, de taille moyenne, bien bâti, mais souffrant de strabisme prononcé et de tics faciaux qui lui tordaient les traits comme de brusques décharges électriques.

Il grimaçait des sourires tandis que la grosse dame l'inspectait de la tête aux pieds.

«Examen? demanda Gisèle à la femme.

— Je veux lui voir la queue», dit celle-ci.

Alors, comme si de rien n'était, Gisèle Ribote, comme l'appelait la Farine, ouvrit la braguette du quarante-neuf. La grosse femme y plongea sa main potelée, sortit le sexe de l'homme et l'examina un bon moment.

«Très belle pièce, dit-elle enfin. Ça va.

— Vous avez votre voiture ou si vous voulez que je vous appelle un taxi? demanda Gisèle en refermant la braguette du quarante-neuf.

— J'ai ma voiture, dit la cliente. Comment s'appelle-t-il?

— Georges.

— Georges, viens mon mignon, dit la grosse femme avec un petit sourire entendu en prenant le patient par le bras.

— Vous vous êtes inscrite auprès du docteur? demanda encore Gisèle.

— Tout est fait. Viens, Georges.»

Et elle partit, tenant le quarante-neuf par le bras.

«Quelqu'un d'autre a fait son choix? reprit Gisèle à la cantonade.

— Moi, dit le vieillard au nez violet que j'avais vu converser avec la Farine en entrant dans l'arrière-boutique. Je veux le trente-deux, le petit jeune homme poilu là-bas.

— Monsieur va s'occuper de vous, dit Gisèle. Suivant!»

Monsieur, c'était moi, Grégoire Rabouin, et, sans pouvoir rien y faire, je me retrouvai subito presto entremetteur à la *Bonne-Chair*.

«Le trente-deux, vous avez dit? demandai-je au petit vieillard.

— Exact.

— Trente-deux!» appelai-je.

C'était cela, la récréation de nuit du bon docteur Barbin, ou, comme il l'appelait aussi, le *nec plus ultra* de la thérapie occupationnelle: il faisait sortir quelques dizaines de malades de Saint-Jean-de-Dieu subrepticement, les amenait dans cette boutique, ou plutôt dans cette arrière-boutique, où ils étaient loués pour la nuit à une clientèle triée sur le volet.

Cette clientèle était aussi disparate que la *marchandise* offerte par l'homme en violet, comme je pus m'en rendre compte au cours de la nuit. Elle se composait d'hommes et de femmes, en nombre sensiblement égal, tous relativement âgés (les plus jeunes clients étaient dans la trentaine avancée), avec une nette prédominance des gens de cinquante ans et plus. À en juger par leurs vêtements et les bijoux des femmes, la majorité appartenait à la classe aisée, mais il y avait aussi parmi eux, comme le montraient leurs mains noueuses, quelques ouvriers.

Seul un écrivain professionnel serait en mesure de bien décrire quelques-uns des spécimens que j'avais sous les yeux et de donner une idée du groupe. En bref, pour une raison qui m'échappait, tous les clients de la Farine étaient laids: une petite vieille aux yeux de poisson mort, qui était venue avec son chauffeur et marchait avec une canne, semblait avoir avalé ses lèvres et ses dents et n'avait qu'une fente à la place de la bouche; un gros homme à la tête carrée, à l'air sinistre, vêtu d'un complet gris à rayures gris fer, aurait pu passer facilement pour un bourreau; un autre, un vieillard à la peau grêlée et violacée, visiblement alcoolique, ne cessait de sécréter une bave abondante qui lui coulait sur le menton. Etc.

Était-ce la fatigue? ou bien dégoût de ma part? ou bien encore cette lucidité sans pareille qui nous vient dans les situations extraordinaires? Quoi qu'il en soit, j'avais l'impression de ne voir que des figures de cauchemar, sorties tout droit de quelque tableau de Bosch ou de Goya. Les nez étaient crochus comme des hameçons, ou alors énormes, pulpeux; les lèvres épaisses et brunâtres, ou au contraire absentes, comme aspirées en dedans; les yeux petits, garnis de cils blanchâtres qui les faisaient ressembler à des yeux de cochons; les mains étaient, elles, invariablement avides, fouineuses, palpant et tripatouillant la *marchandise*. Des mains courtes, des mains carrées, des mains effilées et élégantes, d'autres jaunâtres et ridées comme des pieds de poule, des mains molles et rouges, ou bien trop grasses — toutes les sortes de mains.

Chaque client avait ses goûts et ses exigences, certains, plus fortunés, emmenant jusqu'à trois malades. Ainsi, une blonde oxygénée, minuscule, dans les cinquante-cinq ans, enleva ses bagues et fourra son doigt pointu dans pas moins d'une quinzaine de rectums avant de se décider à partir avec deux hommes et une femme. Autre cas remarquable, celui d'un gros homme flasque, placide, un sourire béat sur les lèvres qui exigea le plus gros clitoris et arrêta finalement son choix, après de minutieux examens, sur une femme grasse et blonde. Un troisième, un élégant à cheveux gris, couvert de verrues, et qui s'exprimait en anglais, n'était intéressé que par la délicatesse des cous-de-pied. Il finit par s'en aller avec une jeune brune toute mince, qui gloussait de joie d'avoir été choisie.

Le rôle de la Farine, toujours assis derrière son petit bureau, se réduisait à prendre note des informations pertinentes: noms et adresses des clients, numéros des patients, etc. Vers les onze heures trente, toutefois, Gisèle Ribeault et moi étions submergés de travail, et il daigna nous prêter main-forte.

Le dernier malade fut pris peu après une heure du matin. Étourdi de fatigue, j'accompagnai mécaniquement Gisèle qui quitta l'arrière-boutique et passa dans la charcuterie.

Glougoutte se tenait à la même place, les mains croisées sur son tablier. Un homme et une femme d'un certain âge, tous deux incroyablement maigres, entraient à ce moment-là. Gisèle, d'un signe de tête, indiqua au vendeur que c'était terminé.

«Trop tard, dit Glougoutte aux clients avec son air morne. Toute la viande est écoulée.

— Vous êtes à court? demanda la femme.

— Il n'y a plus rien.»

La femme regarda autour d'elle un moment, comme si elle avait espéré découvrir quelqu'un de caché dans un coin.

«Et eux? fit-elle enfin en nous jetant un regard.

— Ce sont les agents de location, dit Glougoutte. Il n'y a plus rien.»

Les deux nouveaux arrivants se décidèrent à tourner les talons.

«C'est bien dommage, j'avais de l'appétit, dit l'homme.

— On peut essayer ailleurs, fit la femme en passant la porte.

— Éteignez tout, Glougoutte, dit Gisèle au vendeur.

— J'éteins.»

14

Nous revînmes, Gisèle et moi, dans l'arrière-boutique. La Farine avait disparu je ne sais trop comment.

Des matelas et des couvertures de laine grises avaient été jetés par terre. Déjà, les trois chauffeurs des cars, qui étaient restés avec nous toute la soirée, dormaient profondément.

«Couché», m'ordonna Gisèle en indiquant un matelas inoccupé.

J'étais abruti de fatigue, à bout de nerfs, et, sans relever l'expression méprisante qu'elle avait employée, je me laissai tomber sur le matelas. Grelottant malgré la chaleur — que le lecteur se rappelle qu'on était en juin —, je m'abriai jusqu'au menton et je sombrai aussitôt dans le sommeil.

J'eus un sommeil profond, sans rêves, et quand des voix et la lumière électrique m'éveillèrent à l'aube, j'étais toujours dans la position où je m'étais endormi. Ma montre marquait quatre heures moins dix, ce qui voulait dire que je n'avais pas dormi trois heures.

Gisèle, la Farine, les chauffeurs, Glougoutte — tous étaient là, mais seuls Gisèle, Glougoutte et le soi-disant psychiatre étaient déjà sur pied.

«Debout! Aux cars! Le jour va se lever. Debout!» répétait Gisèle, et, allant de l'un à l'autre, elle nous arracha nos couvertures, aux chauffeurs et à moi.

Notre étrange troupe quitta la charcuterie-crémerie et les couloirs du métro; toutes les issues, tant du métro que de la gare d'autobus, étaient fermées à clé, mais la Farine avait les clés et, sans savoir quelle était la suite du programme, je me retrouvai avec le lugubre Glougoutte, toujours en tablier blanc, dans un des trois cars. Il faisait encore nuit, et seulement de rares véhicules, surtout des taxis, circulaient, phares allumés.

Les cars démarrèrent mais prirent chacun une direction différente.

Quelques mots d'explication de Glougoutte, et j'avais compris: il nous fallait récupérer les patients du bon docteur Barbin chez les clients et les ramener à l'asile avant le lever du jour — sans doute pour assurer le secret sur leur sortie nocturne.

Je présumai que la tâche avait été partagée et que chaque chauffeur devait prendre une vingtaine de patients. Toutefois, ni notre chauffeur ni Glougoutte ne décollèrent de leurs sièges, et c'est moi qui dus aller frapper aux portes et, de gré ou de force, entraîner nos fous aux cars.

«S'il y en a qui rechignent, m'avait indiqué Glougoutte, dites-leur simplement: "Le gentil Glougoutte vous attend".»

Ce sésame me fut d'un grand secours car tous, à une ou deux exceptions près, refusèrent d'abord de me suivre: soit qu'ils se montraient terriblement effrayés à ma vue, et alors ils couraient se cacher dans un coin de l'appartement ou de la maison, soit qu'ils entraient, à l'idée de quitter leurs hôtes, dans de véritables crises de fureur.

Les clients, de leur côté, m'observaient avec des mines malicieuses, sans m'aider aucunement comme s'ils avaient fait leurs délices de mes difficultés.

Toujours est-il que j'allais répétant: «Le gentil Glougoutte vous attend», ce qui, immanquablement calmait le patient et me gagnait aussitôt la collaboration du client.

La seule exception dont je me souvienne fut «le plus gros clitoris», cette femme grasse et blonde dont j'ai déjà parlé, et qui, à mon arrivée chez son hôte (il habitait une grosse maison cossue de Hampstead), se prélassait dans la baignoire en mangeant des confitures à même le pot. Elle, elle me suivit sans mot dire. Enfin, une fois dans le car, les patients se pétrifiaient à la seule vue de Glougoutte (on aurait dit qu'il les terrorisait mortellement malgré ses airs placides) et ils restaient, dès lors, sages comme des images.

Le trajet semblait avoir été soigneusement étudié pour éviter les détours et nous allâmes ainsi de Notre-Dame-de-Grâce, à Hampstead et enfin à Westmount, pour nous retrouver vers les cinq heures trente au square Dominion. Les deux autres cars gris y étaient déjà et, aussitôt, sans plus d'histoires, tous trois regagnèrent l'asile à la file indienne, dans les premières lueurs de l'aurore.

Sitôt que nous fûmes arrivés à Saint-Jean-de-Dieu, le gentil Glougoutte prit en charge tout le groupe et se perdit avec les soixante malades dans un des corridors du bâtiment d'où nous étions partis la veille.

Gisèle Ribeault, la Farine et moi, nous étions encore dans le vestibule à regarder les derniers s'éloigner, quand la Farine s'écria:

«Ce fut une récréation très réussie! Cela mérite un apéritif. Venez, Ribote et Babouin.»

On était mardi et, normalement, comme tous les jours de la semaine, il me fallait être au poste, à mon cabinet, à huit heures et demie. Cependant, j'étais crevé et complètement dépassé par les événements, et je ne fis même pas l'effort de me sonder pour m'assurer si j'avais ou pas la volonté et le pouvoir de m'arracher à leurs griffes. Je suivis donc la Farine et Gisèle avec l'indifférence d'une bête de somme.

Le gigantesque asile s'éveillait. Des patients en chemise de nuit verte, des infirmières, des gens qui poussaient des chariots brinquebalants chargés de médicaments ou de pots de chambre circulaient déjà dans les couloirs et les salles, et personne ne semblait s'étonner de notre présence.

Des patients et des membres du personnel passaient en courant — une grosse vieille femme galopait même toute nue le long d'un couloir —, mais même là, personne ne paraissait plus surpris qu'il ne fallait.

Nous arrivâmes enfin au bout d'un long corridor désert, devant une porte bardée de tôle et peinte en gris foncé. La Farine ouvrit et me céda le passage:

«Bienvenue chez moi, cher confrère. Vous êtes dans le saint des saints, c'est-à-dire le seul endroit calme de cette maison de fous. Charmant, n'est-ce pas?»

J'avais eu un choc et je m'étais arrêté après quelques pas, interdit, ne sachant où aller, et la Farine me devança pour m'indiquer le chemin.

Nous n'étions pas dans un bureau, comme on s'y serait attendu, mais plutôt dans une espèce de débarras, très vaste, où s'empilaient toutes sortes d'objets hétéroclites: des porte-manteaux bancals, des blouses de médecin souillées et jetées en tas, des matelas crevés au milieu d'enchevêtrements de centaines et centaines de chaises, des montagnes de vieux souliers et de cintres en fil de fer rouillés, etc. — le tout reposant sur un lit de journaux jaunis qui s'effritaient sous les pieds. L'invraisemblable amoncellement m'allait beaucoup plus haut que la tête — il devait bien avoir quinze pieds de haut — et d'espèces d'étroites tranchées en zigzag y avaient été ménagées pour assurer la circulation. La pièce tirait son jour d'une grande verrière à deux versants pratiquée dans le toit, brune de crasse, et qui laissait passer si peu de lumière que tout y avait une teinte uniforme, tenant le milieu entre le brun et le gris.

«Ici viennent les grands esprits de mon espèce, les architectes, pérorait la Farine en s'enfonçant dans un des couloirs de fortune. Ici seulement nous pouvons raffiner les recettes du bonheur des hommes. Nous réfléchissons, nous méditons, nous avançons sans relâche sur la voie de l'éternel progrès.»

Plusieurs détours — nous étions même passés à quelques reprises sous des amas de je ne sais quoi qui faisaient comme des voûtes au-dessus de nos têtes — plusieurs détours, disais-je, nous avaient menés à un espace dégagé où étaient disposés cinq ou six fauteuils relativement en bon état.

«Et voilà! Babouin, Ribote, asseyez-vous! Faites comme chez vous. L'apéritif maintenant!»

Je m'assis et je regardais autour de moi avec une certaine curiosité quand un miaulement strident me fit littéralement sauter dans mon fauteuil. Un immense chat blanc, que j'eus juste le temps d'entrevoir, faisait un bond aux pieds de la Farine, puis disparut comme une flèche dans un couloir.

«Hi! hi! hi! hi!» s'esclaffa l'homme en violet d'un rire grêle — un rire de fou — qui me fit froid dans le dos.

Le meilleur, si on peut dire, restait à venir. Comme si j'en attendais une explication sur la présence du chat, mes yeux s'étaient posés sur le soi-disant psychiatre toujours secoué de rire:

«J'ai égaré mes bouteilles, hoquetait-il, et, curieusement, il tâtait ses vêtements comme s'il avait espéré les trouver dans ses poches. Vous savez où elles sont, mademoiselle Ribote? Hi! hi! hi!

— Cherchez, mon bon docteur, répondit Gisèle, puis à son tour elle partit à rire comme une maboule.

— Je vais donc chercher. Hi! hi!»

Leurs «hi! hi! hi!» se mêlaient; effrayé, je me recroquevillais au fond de mon fauteuil, et là-dessus quelque chose d'estomaquant se produisit: l'homme en violet *enfonça* une main dans son ventre, en tira un crapaud, puis un deuxième, qu'il jeta tous deux par terre, pour ensuite extraire de ses entrailles une véritable panoplie d'outils — une scie, des tenailles, deux marteaux, un tournevis, un gros rabot, deux pinces — jusqu'à ce que, toujours riant, il mette la main sur trois bouteilles d'alcool et trois petits verres.

«Le bon docteur Tou... Barbin a plus d'un tour dans son sac!» me lança Gisèle hilare.

J'avais compris. Je *savais* maintenant ce que j'avais soupçonné la veille tout au fond de moi-même, dès le premier instant où j'avais vu Gisèle sur la Montagne en compagnie de l'homme en violet: celui-ci et le serpent Toutou ne faisaient qu'un! Mais cela, je l'avais refoulé, enterré dans les plus profondes strates de mon inconscient, au point que je n'y avais pas repensé une seule fois depuis, car c'était trop terrifiant.

Alors mes cheveux, pour la première et dernière fois de ma vie, se dressèrent littéralement sur ma tête — je les sentis se dresser.

Un rire tonitruant, aussi grave que s'il sortait d'un tonneau, secoua Gisèle à cette vue.

C'étaient... oui, c'étaient des démons, sortis tout droit de l'enfer[1]!

À ce moment, la Farine me fit une profonde révérence, avec une flexion du genou et en écartant les bras, comme un courtisan de la Renaissance:

«Votre nouvelle coiffure en témoigne, vous avez eu la révélation, déclara-t-il sur ce mode emphatique et à la fois grotesque qu'il affectionnait. Je suis le bon Toutou-Tournoukriel-Barbin, pour vous servir, avec Toutoune votre adorée. Hommage à vous, ô mortel!»

---

1. Aujourd'hui, je crois que Tournoukriel du moins était un démon, sinon Gisèle.

15

Qu'on ne me demande pas ce qui se passa dans les instants qui suivirent, je l'ignore moi-même. J'imagine, pourtant, que je serais mort de frayeur — sans figure de style — s'il ne s'était rien passé.

Toujours est-il, pour employer une de mes tournures favorites, toujours est-il, donc, que je fis l'expérience du trou de conscience dont faisait état le fameux cahier que j'avais trouvé chez moi: momentanément, ce fut comme si j'avais cessé d'exister, et puis je me retrouvai sur le trottoir, devant l'entrée de l'immeuble où j'ai mon cabinet, en compagnie de Toutou et de Toutoune.

J'avais fait le saut par ubiquité. Rien de plus bizarre: j'étais là, à l'entrée de l'immeuble, tout en ayant conscience, mais à un degré moindre, d'être en même temps resté recroquevillé dans un des fauteuils du refuge de la Farine. La folle terreur qui s'était emparée de moi quand j'avais découvert la véritable nature de l'homme en violet, m'habitait encore, mais extérieurement — sans que ma volonté y soit pour quelque chose — rien n'y paraissait.

Enfin, je ne saurais dire par quel sortilège Glougoutte se trouvait lui aussi à l'entrée de l'édifice, où il achevait de visser dans la pierre une nième plaque de cuivre parmi toutes celles qu'il y avait déjà.

«Joli travail, mon bon Glougoutte, le félicita la Farine. Que pensez-vous de l'inscription, cher associé? poursuivit-il à mon adresse.

— Terminé, dit Glougoutte en s'écartant de la plaque, et il rangea son tournevis dans une poche de son tablier blanc.

— Eh bien?»

Déjà, le mot *associé* m'avait fait dresser l'oreille, puis mon cœur se serra: la nouvelle plaque, brillante comme un sou neuf, avait remplacé la mienne, et je lus: «Le Bon Dr Barbin et Dr Babouin, Médezins.»

«Vous avez changé ma plaque! balbutiai-je. Et il y a un *z* à médecins. Qu'est-ce que… cela veut dire?

— Tope là! s'écria la Farine avec un éclat de rire commercial, tout en me secouant la main et en m'assenant une tape dans le dos. Cela veut dire que je vous fais la faveur et l'honneur de m'associer à vous. Nous allons dispenser ensemble les bienfaits de notre art et je vous prêterai mes lumières.

— Je… ne veux pas, dis-je.

— Vous êtes trop modeste, dit la Farine qui me prit par le bras et m'entraîna avec lui dans l'immeuble. Je sais que cela blesse votre modestie de vous associer à un architecte de mon envergure, mais pour le bien des malades vous devez faire fi de cette modestie.

— Vous êtes… vous êtes…», commençai-je, mais cette fois je ravalai malgré moi ce que j'allais dire.

Gisèle nous avait suivis, mais pas Glougoutte, qui avait disparu.

«Allez, chère assistante, appelez notre ascenseur, dit l'homme en violet.

— Qu'est-ce que vous comptez faire? murmurai-je.

— Je vous l'ai dit! Dispenser avec vous les bienfaits de notre art, et même inaugurer les voies nouvelles de la *médezine.* (Il fit ressortir le *z* en détachant chaque syllabe, contrairement à l'usage.) La bonne Ribote que voici sera notre assistante.

— Médecine, corrigeai-je.

— Dorénavant, nous ferons de la *médezine.* Allez, à vous l'honneur!» conclut-il en m'indiquant la cabine d'ascenseur qui venait d'arriver.

Malgré l'heure matinale — il n'était pas encore huit heures —, Claudette était déjà au travail. Elle était au téléphone, installée à son bureau du salon d'attente, et fixait un rendez-vous à un patient quand nous fîmes notre entrée.

Elle nous aperçut, s'interrompit et resta bouche bée.

«Ce jour est un grand jour pour la *médezine,* lui déclara la Farine avec une lente inclinaison de tête.

— Enchantée de ne pas faire votre connaissance, chère mademoiselle», dit Gisèle en la saluant de la même manière.

Je ne pouvais rien faire, et je restais coi, les bras ballants.

«Allô? allô? Bureau du docteur Rabouin?» appelait-on au bout de la ligne téléphonique.

Les yeux de Claudette étaient allés de la Farine à Gisèle, puis à moi. Une expression de doute et aussi de terreur était apparue sur son visage, car j'étais si changé — comme elle me le raconta plus tard — que d'abord elle ne me reconnut pas.

«C'est moi, *Babouin,* dis-je enfin.

— Et voici le fameux docteur Toutou Barbin, fit la Farine. Moi!

— Ribote, la crème des assistantes», dit Gisèle en se présentant à son tour.

Pauvre Claudette! Un cri aigu et prolongé lui échappa et, comme une folle prise d'un accès, elle se mit à taper de toutes ses forces sur son bureau avec le combiné du téléphone.

«Prenez de l'aspirine, je vous le conseille vivement, lui dit gravement la Farine du ton d'un chercheur annonçant la découverte du siècle.

— Un lavement du rectum et des intestins serait peut-être plus indiqué, si vous me permettez, fit Gisèle. Le tout suivi d'un nettoyage du clitoris.

— Qu'en pensez-vous, Babouin?»

Là-dessus, les yeux exorbités, criant de plus belle, Claudette repoussa violemment sa chaise qui tomba par terre, sauta sur ses pieds et, ouvrant vivement sa blouse blanche à deux mains, elle en fit sauter tous les boutons, puis détala vers l'entrée en retirant fébrilement sa blouse qu'elle laissa glisser derrière elle et passa la porte avec des hurlements terrifiés. Ses cris avaient été si puissants que j'en avais mal aux oreilles.

«Son départ était tout indiqué, fit remarquer la Farine quand le calme fut revenu. Nous avons besoin d'une assistante plus posée.

— La voici, cher docteur», dit Gisèle en endossant la blouse — déchirée aux boutonnières — de mon ex-assistante.

Commença alors pour de bon ce qui fut le pire jour de ma vie.

Gisèle s'était installée à la place laissée vacante par Claudette, tandis que la Farine et moi, à sa suggestion (je ne pouvais de toute façon rien faire pour m'opposer à ses

volontés), nous prenions place côte à côte, comme des ju-
meaux, derrière *notre* bureau.

Sur le coup de huit heures et demie, comme à l'accoutumée, une première patiente se présenta et nous la re-
çûmes, la Farine et moi. C'était une blonde, frisée, dans la
trentaine, assez corpulente, madame Marielle Sénécal.

Même si je l'avais déjà soignée et que nous nous
connaissions, elle ne parut pas étonnée — à la suite de je
ne sais trop quel tour de passe-passe de Gisèle ou de
l'homme en violet — de me voir avec quelqu'un d'autre
et d'être reçue par deux personnes.

«Je suis le fameux docteur Toutou Barbin, lui expliqua la Farine le plus sérieusement du monde dès qu'elle
fut assise, et je fais l'honneur à ce confrère *médezin* de
m'associer à lui à compter d'aujourd'hui. Quel est donc
votre mal, chère madame?»

Plutôt que d'inquiéter la patiente, comme il eût été
normal, les explications de la Farine semblèrent au
contraire, à en juger par son air, la mettre en totale
confiance.

Elle éprouvait, depuis environ une semaine, une douleur lancinante à la jambe droite, d'un point situé légèrement au-dessus du genou jusqu'au bout des orteils. Rhu-
matisme? élongation musculaire? sciatique? Quelques
questions et un bref examen m'auraient permis d'être
fixé, mais la Farine prit les choses en main:

«Il s'agit, déclara-t-il d'un ton savant et définitif et
sans plus questionner la patiente, d'une criquarelle du tissu
pariétal de l'articulation.»

Madame Sénécal but ses paroles comme un petit verre
de liqueur et parut ravie de souffrir de quelque chose qui
nécessitait des mots si compliqués. Pour ma part, quoique
littéralement enchaîné par la volonté de l'homme en vio-

let, un terrible pressentiment m'était venu en entendant l'absurde jargon (une criquarelle, cela n'existe pas), j'aurais voulu crier à la femme de fuir, mais j'avais les lèvres cousues.

«Venez, chère madame», fit la Farine en se levant.

Il passa avec elle dans la petite salle attenante et la fit monter sur la table d'examen. Je les suivis dans la pièce.

«Touchez, me dit la Farine en tâtant le genou de la femme. Qu'est-ce que vous en pensez, cher confrère? N'ai-je pas raison?»

Je palpai l'articulation à mon tour:

«En effet, dis-je malgré moi. On sent très bien la criquarelle sous les doigts.

— Nous allons in vivo, chère madame, vous soulager, dit la Farine. Par la suite, vous ne sentirez pas plus votre mal que si vous aviez cessé d'avoir votre jambe.

— Je suis contente. C'est vraiment très pénible», fit madame Sénécal avec soulagement.

À la demande de l'homme en violet, je fis venir Gisèle. La patiente fut anesthésiée, puis... mais comment dire de telles horreurs? En bref — j'en tremble encore en écrivant ces lignes —, nous lui amputâmes la jambe à l'articulation du genou, et la Farine, avec l'aide de Gisèle, lui installa en guise de prothèse le pied d'un vieux portemanteau en bois qui me venait de mes parents et auquel j'avais l'habitude d'accrocher mon veston.

L'opération terminée, Gisèle fit sortir la patiente encore groggy par mon entrée particulière (la porte ouvre directement sur le corridor) et elle nous envoya un deuxième patient.

La majeure partie de la clientèle des médecins est composée de femmes, et il s'agissait aussi d'une femme, que je voyais pour la première fois. Âgée d'une soixantaine d'années, elle souffrait de suppurations chroniques de l'oreille gauche et se plaignait également d'avoir le nez presque constamment bouché, d'où s'ensuivaient des difficultés respiratoires.

«J'en perds le sommeil, fit la vieille dame qui était visiblement au bord des larmes. Il y a bien deux semaines que je n'ai pas dormi une nuit complète. Est-ce que vous pouvez me guérir?

— La *médezine* moderne peut tout. Tout!» déclara fièrement la Farine.

Cette fois-là (c'était seulement par la volonté de l'homme en violet que je tenais encore sur mes jambes) mon organisme se détraqua et je vomis abondamment à la vue du cauchemar qu'il avait mijoté: à la suite de l'opération, la vieille dame se retrouvait avec l'oreille à la place du nez et avec le nez sur le côté de la tête.

16

D'autres opérations à la fois loufoques et épouvantables suivirent. Ainsi, un homme dans la quarantaine, qui souffrait d'une gonorrhée, partit de *notre* cabinet avec le pénis greffé à la main droite, en lieu et place du pouce; le pouce lui avait été cousu au bas-ventre, en replacement du pénis.

«Cela lui fera, à l'occasion, le plus grand doigt sur terre», avait fait remarquer la Farine en achevant de suturer la verge à la main.

Dans la même veine, une jeune femme affligée elle aussi d'une maladie vénérienne fut radicalement transformée: la Farine lui campa l'appareil génital là où était auparavant la bouche, et la bouche fut logée à la place du sexe.

C'était encore pire que pour l'homme. Celui-ci, en effet, pouvait toujours dissimuler sa main-verge dans la poche de son pantalon, mais la malheureuse jeune femme, à moins de porter le voile à la musulmane, ne pouvait rien pour cacher de façon naturelle son infirmité, d'autant plus que la Farine lui avait cousu le sexe dans sa position normale, c'est-à-dire à la verticale.

J'étais gris comme un déterré, alors que tout cela enchantait Tournoukriel et la diablesse qui lui servait d'assistante.

«Un triomphe! s'exclama celle-ci. Cette femme aura tous les amants qu'elle voudra.

— J'en ai fait un morceau de choix! N'est-ce pas, cher collègue?»

Enfin, opération mineure, un gros homme dans la cinquantaine qui venait se faire traiter pour d'intolérables démangeaisons nasales, perdit le nez et hérita, en retour, du fourneau de sa pipe. Histoire de corser l'affaire, Gisèle poussa la facétie jusqu'à bourrer son *nez* de bois de tabac avant de le mettre à la porte.

Il me reste à raconter ce qui fut — si on veut bien me passer l'expression — le clou de cette série de consultations.

Le patient suivant était un petit vieillard autour de soixante-dix ans, portant un de ces prénoms étranges, sortis on ne sait d'où, comme c'est fréquent dans cette génération. Vif, remuant, la parole facile, Eudore Brazeault sembla enchanté de faire la connaissance d'un médecin de l'envergure de la Farine («Je suis une sommité», lui avait dit l'homme en violet sans détours et avec la dignité d'un grand personnage) et il exposa avec force détails ce qui l'amenait. Il souffrait de douleurs aux principales articulations, c'est-à-dire aux attaches des quatre membres avec le tronc — douleurs parfois très pénibles et qui pouvaient, à l'occasion, l'empêcher de bouger et le clouer dans un fauteuil.

«Bursitanachérite aiguë, annonça aussitôt la Farine avec un aplomb qui aurait trompé le plus incrédule.

— Qu'est-ce que c'est... comment dites-vous? demanda le vieillard en fronçant les sourcils.

— Bursitanachérite aiguë. Calcification de l'enveloppe du cartilage attribuable à l'action de champignons microscopiques. Vous en êtes visiblement au premier stade de la maladie. Au stade suivant, la calcification gagne le cartilage même et, ultimement, c'est tout le cartilage qui a la dureté de la pierre.

— C'est… c'est guérissable? questionna Eudore Brazeault d'un air alarmé, en se trémoussant dans son fauteuil.

— La *médezine* fait des pas de géant, et la bursitanachérite n'est plus un mystère pour moi. Le mal est donc guérissable», répondit l'autre avec une onctuosité de faux prêtre.

J'étais toujours rivé à mon fauteuil et incapable de prononcer un traître mot, prisonnier de la volonté de l'homme en violet comme un insecte englué dans une toile d'araignée. Du regard, toutefois, je tentais désespérément d'attirer l'attention d'Eudore Brazeault, avec l'espoir de pouvoir l'avertir du danger qu'il courait. Hélas! il était suspendu aux lèvres de la Farine.

Après d'autres explications sur la *bursitanachérite* — une maladie sortie tout droit de sa cervelle — et les progrès de la *médezine,* la Farine s'excusa et il sortit pour aller dire un mot à Gisèle.

Eudore Brazeault m'accorda enfin un regard et je me mis à rouler les yeux en tous sens. Mais le vieillard avait l'esprit ailleurs et plutôt que de prêter attention à mon manège, de s'en étonner, il se lança dans une diatribe mordante contre tous les autres médecins qu'il avait consultés et dont aucun n'avait su diagnostiquer sa bursitanachérite, puis il chanta les louanges de mon supposé collègue.

J'étais atterré. J'avais le pressentiment que j'allais assister à quelque chose de plus terrible que tout ce que j'avais vu jusque-là, et ce fut le cas.

Quelques instants plus tard, Eudore Brazeault prenait place à son tour sur la table d'examen, prétendument en vue d'un examen plus approfondi, et, le temps de le dire, il se retrouva anesthésié grâce aux bons soins de la Farine. Gisèle, qui avait brillé par son absence jusqu'à ce point, s'amena sur ces entrefaites avec un paquet dans les bras.

«Merci, merci, Ribote! s'exclama la Farine en s'en saisissant. Nous allons pouvoir enfin travailler à la moderne.»

Ce disant, il défit le paquet et exhiba une scie circulaire portative, qu'elle avait dû courir acheter, ou peut-être voler, rue Sainte-Catherine.

La cauchemardesque opération commença. D'abord, la Farine amputa le petit vieillard des deux jambes, en travaillant à la scie, et il allait faire de même avec les bras quand la porte s'ouvrit brusquement et qu'apparut le sergent-détective Vigeant. Sauvé! pensai-je, plus mort que vif.

«Faites-vous boucherie? demanda le policier à la vue des rigoles de sang qui coulaient par terre.

— À qui ai-je l'honneur? demanda la Farine sans même prendre la peine de poser son outil.

— Sergent-détective Vigeant. Police de la CUM. J'ai à parler à ce monsieur, ajouta-t-il à mon sujet, avec un mouvement du menton.

— Restez avec nous, dit la Farine. Vous allez assister à une première. L'homme que vous voyez, poursuivit-il en indiquant le vieillard avec sa scie, souffre d'une maladie extrêmement rare, la trichanarope, et je vais par une opération aussi rare l'en délivrer. Regardez bien!»

Un bruit strident suivit — la Farine avait remis la scie en marche — et, sous les regards ébahis du policier, il fit tomber l'un après l'autre, comme des branches d'arbre, les bras de son patient.

J'avais cru que Vigeant ferait acte d'autorité et mettrait fin, au besoin l'arme à la main, aux atrocités qui se

perpétraient dans mon cabinet. Il n'en fut rien: le policier
ne manifesta aucune opposition — bien au contraire, c'est
avec intérêt, me sembla-t-il, qu'il assista à la suite de l'intervention. Je devais conclure qu'il était tombé, à mon
exemple, par quelque invisible phénomène, sous la coupe
absolue de l'homme en violet.

Celui-ci avait de toute évidence une prédilection pour
les interventions chirurgicales. Cette fois, il changea les
quatre membres de position, fixant les jambes aux épaules
et les bras au bassin.

«Un chef-d'œuvre! un véritable chef-d'œuvre! clama-
t-il quand il eut achevé de coudre le pauvre Eudore Brazeault. À moins de pouvoir marcher sur les mains — ce
dont je doute —, il marchera comme tout le monde sur les
pieds et sera donc le premier mortel à marcher naturellement la tête en bas et le sexe en haut. Le monde doit être
mis au fait de cette réussite de la *médezine*!»

En deux temps trois mouvements, Gisèle, à la demande
de la Farine, bourra alors une grosse trousse de tout le ma-
tériel chirurgical que nous avions utilisé (j'avais participé
moi aussi, contre ma volonté bien sûr, à l'opération) et entraînant avec nous Eudore Brazeault encore à demi anesthésié mais déjà capable de mettre un pied devant l'autre,
nous quittâmes le cabinet et descendîmes dans la rue.

«Venez vous aussi. Ce sera un triomphe!» avait dit la
Farine au policier, et, docilement, celui-ci nous avait suivis.

Les Montréalais ont vu bien des choses, ne serait-ce
qu'à la télévision, et il en faut beaucoup pour vraiment
éveiller leur curiosité. Mais, revu et corrigé par la Farine,
Eudore Brazeault offrait quant à lui un hallucinant spectacle, et l'homme en violet eut le succès de curiosité qu'il
escomptait. Comme l'avait prévu le *médezin,* le petit

vieillard marchait sur les pieds et avait donc la tête en bas. Pour ce qui est de son sexe, brunâtre et tout ratatiné, il ballottait comme un fanon de dindon là où aurait dû être normalement la tête.

Nous suivîmes un moment la rue Sherbrooke, puis, menés par la Farine, nous empruntâmes la rue Crescent vers la rue Sainte-Catherine.

Il était aux environs d'une heure trente et il y avait foule encore aux terrasses et sur les trottoirs. Des gens riaient à se tordre sur notre passage, comme s'il s'était agi d'une farce sans conséquence, d'autres, plus sensibles ou intelligents, en avaient littéralement le souffle coupé. Enfin, une bonne partie des piétons et des consommateurs nous emboîtaient le pas, de sorte que ce fut bientôt une foule de soixante-quinze, puis cent, puis peut-être de quelques centaines de personnes, débordant dans la rue, qui suivait l'étrange vieillard.

Tous ces curieux se bousculaient pour approcher Eudore Brazeault et l'observer de près, et faisaient cercle autour de notre petite troupe qui, pressée de toutes parts, avançait de plus en plus difficilement.

Eudore Brazeault, de son côté, était visiblement en état de choc et n'avait pas encore compris ce qui lui arrivait:

«Qu'est-ce qui se passe? où suis-je?» répétait-il inlassablement, la tête en bas.

La Farine le tenait par la main comme un enfant et l'encourageait à sa manière:

«Vous êtes guéri, guéri! Jamais plus vous ne souffrirez de la bursitanachérite aiguë. Ne trouvez-vous pas cela merveilleux?

— Je... je vois tout à l'envers, les gens... Les gens ont la tête en bas, balbutiait l'autre.

— Simple séquelle passagère du traitement, expliquait paisiblement le *médezin*. Les champignons de la bursitanachérite, que j'ai extirpés, ont une action postopératoire momentanée sur le centre cérébral de la vision. Cela va passer.

— Et ça? qu'est-ce que c'est ça? poursuivit le malheureux en tâtant son sexe découvert au grand plaisir de la foule.

— Votre queue, mon bon monsieur.

— Ma… queue?… J'ai une queue qui m'est poussée entre les deux bras?»

Il y avait un tel étonnement dans le ton que les premiers rangs de curieux, qui suivaient la conversation, rugirent de rire.

«C'est votre chère queue à vous, toujours la même, expliqua la Farine quand les rires se furent un peu calmés.

— J'ai pas la queue là! s'exclama avec colère Eudore Brazeault.

— Calmez-vous, vous comprenez mal la situation. Vous avez le centre de la vision affecté, mais aussi, ce qui en découle, vous vous percevez différemment. L'essentiel est que vous ne souffrez plus de cette bursitanachérite, n'est-ce pas?

— C'est vrai, concéda le vieillard, je n'ai plus mal aux articulations, mais…»

Il s'interrompit, garda un long moment le silence, puis reprit, comme avec timidité:

«Ces gens? qu'est-ce que font tous ces gens autour de nous?

— Ils accourent pour vous voir et admirer les progrès incomparables de la *médezine*. J'ai fait de vous une célébrité, mon cher Eudore!»

17

Les curieux ne voulaient pas décrocher, et c'est au milieu d'une foule de peut-être cinq cents personnes que, guidés par la Farine, nous nous engouffrâmes enfin dans le hall du Reine Elizabeth, boulevard Dorchester.

Notre bruyante entrée provoqua un mouvement de surprise dans l'hôtel, des chasseurs en livrée orange s'approchèrent de nous, l'air perplexe, mais, déjà, tenant toujours Eudore Brazeault par la main, la Farine fendait la foule et se dirigeait vers les escaliers:

«Place! place! clamait-il. Laissez la science aller à la science. Place!»

Je compris, en m'engageant à sa suite dans un escalier, ce qu'il entendait par là, à la vue de plusieurs grandes affiches installées sur des chevalets, sur le palier: *Annual Convention of the American Association of Physicians*[1], y lisait-on en grandes lettres rouge vif.

À en juger par ses propos, la Farine avait rendez-vous avec quelque sommité médicale, ou alors... mais la foule venue avec nous poussait irrésistiblement, comme un troupeau, et je n'eus même pas le temps d'échafauder d'autres hypothèses: nous étions déjà au premier, qui est

---

1. Congrès annuel de l'Association américaine des médecins.

l'étage des congrès. Une porte à double battant s'ouvrit devant nous et, comme une vague, la Farine et Eudore Brazeault en tête, nous pénétrâmes dans une immense salle où étaient réunis quelques milliers de médecins.

«*What happens*[2]*?*» demanda dans le micro, avec étonnement, le conférencier qui se trouvait à la tribune.

Le silence s'était fait dans nos rangs comme dans la salle et, d'un pas solennel, sans se presser, la Farine gagna l'estrade et y monta avec nous et tout le cortège de curieux.

Il écarta le conférencier et, soulevant Eudore Brazeault à bout de bras comme une poupée, il le montra à la prestigieuse assemblée:

«*Gentlemen, the discovery of the century*[3]*!*» annonça-t-il d'un ton triomphant.

Il y eut un murmure d'étonnement général, des oh! et des ah!, tandis qu'un tonnerre d'applaudissements, des bravos éclataient dans la foule qui nous accompagnait.

«Mesdames et messieurs, la *médezine* peut tout! Tout! reprit en anglais l'homme en violet. Je viens aujourd'hui en témoigner devant votre savante assemblée. Preuve à l'appui!»

Il secouait maintenant Eudore Brazeault comme un sac pour bien signifier ce qu'il entendait par sa preuve.

«Preuve à l'appui — je veux dire que cet homme que je tiens dans mes bras, messieurs, était il y a quelques heures encore sur le point de perdre l'usage de ses membres et que, grâce à une intervention sans précédent…

— Mes jambes… mes bras… Qu'est-ce qui est arrivé à mes jambes et à mes bras? bredouillait pendant ce temps Eudore Brazeault, mais d'une voix à peine audible et que

---

2. «Que se passe-t-il?»
3. «Messieurs, voici la découverte du siècle!»

couvrait le fracas de la voix de la Farine amplifiée par les puissants haut-parleurs de la salle. Je deviens fou!

— ... et c'est à cette science que je vénère, que nous vénérons tous, la *médezine*..., poursuivait la Farine à l'emporte-pièce.

— Mes jambes, mes bras, continuait de son côté le petit vieillard en bougeant maintenant légèrement les membres, comme s'il avait craint, par quelque brusque mouvement, de les perdre à nouveau, on a... j'ai les jambes à la place des bras!» acheva-t-il d'une voix de poulet qu'on égorge.

Je n'avais plus d'attention que pour le malheureux vieillard qui — mais j'étais sans doute le seul à m'en être rendu compte — venait finalement de réaliser l'horrible transformation qu'il avait subie. Là-dessus, la Farine, dont j'avais perdu une bonne partie des propos, remit Eudore Brazeault sur ses pieds:

«... quelques mots, je lui demanderai de vous dire quelques mots. Écoutez-le! disait l'homme en violet, et, se baissant, il fourra le micro sous le nez de sa victime.

— Je suis un homme neuf, délivré, malgré le léger inconvénient que vous pouvez constater! clama aussitôt dans le micro Eudore Brazeault, la tête en bas. (J'en frissonnais: c'était le ton, les tournures de la Farine, mais c'était la voix du vieillard et c'était lui, *apparemment*, qui parlait.) J'en rends grâce à la *médezine*!»

Était-ce l'effet des propos de la Farine? ou de quelque sortilège maléfique? Les deux mille médecins s'étaient levés comme un seul homme et, avec des cris, des applaudissements, ils firent une longue et tumultueuse ovation à l'homme en violet.

«Merci, merci, disait celui-ci, et, d'un air de modestie, il leur tira son chapeau à quelques reprises selon son

habitude. Merci, merci à vous tous. Toutefois (les applaudissements se poursuivaient, et la Farine dut s'interrom-
pre)... toutefois, reprit-il enfin, je ferai mieux. Je ferai
mieux encore!»

La suite se déroula en un tournemain. Sur l'ordre de la
Farine, les curieux qui l'avaient suivi firent cercle rapidement autour de notre petit groupe, puis, plongeant la main
dans la trousse qu'avait apportée Gisèle, la Farine en sortit
un flacon de chloroforme et anesthésia de nouveau le
vieillard. Le policier, moi-même, la masse d'admirateurs de
la Farine venus de la rue — personne d'entre nous ne souf-
fla mot tandis que l'homme en violet, les manches retrous-
sées, opérait avec l'aide de Gisèle sur le sol même de l'estrade à une vitesse hallucinante. Cependant, j'imagine que
tous, intérieurement, étaient aussi secoués que je l'étais, et
en même temps totalement impuissants à faire la moindre
opposition à ce qui se passait sous nos yeux.

La scie — une courte scie à main —, les scalpels, les
aiguilles et les cisailles chirurgicales voltigeaient donc
dans les mains de la Farine, qui coupa un bras et une jambe,
pour ensuite les intervertir: la loufoque symétrie qui avait
jusque-là caractérisé le nouveau Eudore Brazeault — les
deux jambes fixées aux épaules et les deux bras au bassin
—, même cette loufoque symétrie était rompue.

L'opération n'avait pas demandé cinq minutes, mais
cela avait suffi pour que, piqués par la curiosité, une
bonne partie des congressistes quittent leurs places et s'as-
semblent en grappes autour de notre groupe. La Farine se
dirigeait déjà vers le micro, en traînant par les aisselles,
c'est-à-dire par un bras et une jambe, l'horreur vivante
dont il venait d'accoucher.

«J'ai dit que je ferais mieux, et j'ai fait mieux! annonça-
t-il d'une voix tonnante, et une fois encore il souleva dans

ses bras le vieillard tout disloqué pour le faire voir. Admirez! admirez!»

C'était trop, même pour des Américains friands de merveilleux, et après un moment de stupéfaction et de silence, des remous se firent dans l'assemblée.

«*Shocking! It's a crime!* crièrent certains, alors que d'autres, sans doute pris de peur, refluaient vers la sortie.

— C'est moi, c'est toujours moi! cria Eudore Brazeault revenu à lui, et à qui la Farine avait mis le micro sous le nez. La *médezine* peut tout!»

Les assistants avaient dû croire le pauvre Eudore Brazeault trépassé, car les quelques mots qu'il prononça soufflèrent sur l'assemblée comme un vent de folie, et, cette fois, tous se précipitèrent dans une invraisemblable bousculade vers les portes. Même chez les admirateurs de la Farine, la débandade fut quasi générale — les neuf dixièmes déguerpirent.

Eudore Brazeault — apparemment frappé de folie — fut lâché par l'homme en violet dans la salle; aussitôt, comme une poule à qui on vient de couper le cou, il se mit à courir à l'aveuglette en se cognant aux tables et aux chaises, sautillant sur un pied et sur une main, tandis que Gisèle, Vigeant et moi, nous quittions la salle par une sortie de service à la suite de la Farine.

Un escalier de service nous mena à un bout du hall, où affluaient des paquets de médecins surexcités qui gesticulaient et parlaient comme des moulins à paroles. Dans la cohue, personne ne nous remarqua et notre groupe put gagner le boulevard Dorchester sans difficulté.

«Eh bien! cher Babouin, me demanda la Farine d'un ton gaillard, qu'est-ce que vous dites de ma *médezine*?

— Je… ne trouve pas les mots», réussis-je à dire.

Mais la Farine ne m'écoutait plus: Gisèle s'était approchée et lui murmurait quelque chose à l'oreille — puis tous deux guignèrent Vigeant d'un drôle d'air.

J'étais déjà habitué, j'en avais tant vu! mais pas le policier: le teint terreux, il regardait dans le vide, absent à ce qui se passait autour de lui et de toute évidence préoccupé par les horreurs qu'il venait de voir. À ce que je pus constater, il ne se rendit même pas compte des regards des deux autres, plongé comme il l'était dans ses pensées.

La Farine hocha brièvement la tête en réponse aux chuchotements de Gisèle, puis comme si de rien n'était, reprit la conversation là où il en était un moment plus tôt:

«Alors donc, cher associé? fit-il en nous entraînant avec lui vers l'est de la ville.

— Alors donc quoi?

— N'ai-je pas montré ce dont ma *médezine* était capable?

— En effet.

— Et ne croyez-vous pas... Un instant.»

Nous arrivions au coin de la rue de l'Université. Il venait d'aviser un regard d'égout percé dans le trottoir et, se courbant, de deux doigts seulement (cela demandait une force phénoménale), il en retira la lourde plaque avec autant de facilité que s'il ne s'était agi que d'un couvercle de casserole.

«À vous l'honneur, dit-il alors au policier.

— Que... quoi? marmonna celui-ci.

— Et hop! fit la Farine, qui prompt comme l'éclair agrippa Vigeant par la manche et le jeta à l'égout, puis remit en place la plaque de fer.

— Bon débarras, dit Gisèle.

— Amen», conclut l'autre.

Parce que j'étais au pouvoir de la Farine, j'aurais dû, extérieurement du moins, rester indifférent à l'événement. Cette fois-là, pourtant, je me mis inexplicablement à trembler comme une feuille et je dis:

«Qu'est-ce que vous avez fait? C'est… c'est horrible! Horrible!

— Et lui? demanda Gisèle à mon sujet.

— Laissez-moi y penser un instant, fit la Farine avec un sourire malicieux et il me jeta un regard goulu comme s'il avait voulu m'avaler. Qu'est-ce que vous diriez, ma chère Ribote…», reprit-il.

Un déclic se fit en moi — j'étais libre soudain et, sans un cri, fou de terreur, je détalai comme un lapin droit devant moi.

Dans mon dos, Toutou et Toutoune glapissaient:

«Hi! hi! hi! qu'il est drôle! Bis, bis!» criait-il.

Et elle:

«Bravo! hi! hi! Bravo!»

18

La peur donne des ailes, c'est bien connu, mais je n'ai plus dix ans et je fus vite rendu au bout de mes forces. Après avoir filé au triple galop jusqu'à la rue Saint-Urbain, je m'arrêtai donc un moment, hors d'haleine, le cœur battant à tout rompre, et je regardai derrière moi pour m'assurer que la Farine et Gisèle ne m'avaient pas poursuivi. Ne voulant pas rester boulevard Dorchester — une artère froide et grise —, je montai en marchant la rue Saint-Urbain jusqu'à la rue Sainte-Catherine, où je tournai à gauche, vers le cœur de la ville.

Les passants étaient de plus en plus nombreux à mesure que j'approchais des grands magasins et, bientôt, je me noyai avec soulagement dans le flot humain: l'homme en violet et sa diabolique assistante pouvaient toujours me courir après, dans cette foule j'étais devenu introuvable.

J'allai ainsi jusqu'à la rue Guy; la foule s'étant dangereusement éclaircie, je fis demi-tour et revins sur mes pas.

J'avais remis, tout en marchant, un certain ordre dans mes idées, et c'est alors que je me demandai où aller. Ma situation était atroce: je venais de vivre en une dizaine de jours la plus éprouvante et la plus invraisemblable aventure de ma vie; j'avais été complice, malgré moi, d'atrocités médicales commises à mon cabinet et, le même jour, j'avais perdu d'un coup et mon assistante et une partie de ma clientèle. J'allais céder à l'abattement quand l'idée me vint que — contre toute attente — j'étais resté, au milieu de la tourmente, sain d'esprit. C'était l'essentiel.

Rentrer chez moi? Je ne voulais pas car j'avais peur de me retrouver seul — il me fallait de la compagnie, un quelconque secours, pour faire le point sur les événements abracadabrants où j'étais entraîné.

J'avisai un appareil téléphonique dans l'entrée d'un restaurant et je poussai la porte. Je pensai aussitôt à Claudette: c'était la personne à qui parler, la seule de mes connaissances à être vaguement au fait de ce qui m'arrivait et à avoir vu, de ses yeux vu, les terrifiants personnages auxquels j'avais affaire. J'appelai chez elle et je laissai sonner interminablement, mais il n'y eut pas de réponse. Même chose à mon cabinet où — sait-on jamais? — elle pouvait être retournée.

Je tentai ensuite de joindre mon ami russe, Sergei Polkin, auquel je n'avais pas pensé jusque-là et qui, lui aussi, quoique encore plus indirectement, avait été mêlé à certains de ces événements. Malheureusement, il était parti à l'étranger, à un congrès de professeurs. Restait ma mère (mon père est mort depuis déjà de nombreuses années) et je l'appelai en me disant qu'une mère, même frivole comme la mienne, peut toujours avoir la bonté d'écouter son fils en difficulté. Je jouais de malheur: elle n'était pas chez elle et je l'imaginai, grignotant des petits fours, après quelque matinée musicale à la Place des Arts, où, il faut bien le dire, elle n'allait que pour jacasser, et non pour la musique.

Puisqu'il fallait bien qu'elle remette les pieds chez elle
— d'autant plus qu'elle est remariée —, je décidai que
j'irais quand même, quitte à l'attendre sur le perron. Ma
mère, bien sûr, habite Outremont. Pour l'instant, j'avais besoin de prendre un verre et je pénétrai dans le restaurant.

Le coup de feu était terminé (il était trois heures passées) et la vie y était au ralenti. C'était un restaurant
montréalais typique, tenu par un Grec, où on sert toutes
les spécialités possibles, à la fois du bifteck, de la pizza,
du poulet barbecue, ce qui fait que je commandai un sandwich au jambon avec un double scotch.

On me servit nonchalamment, puis je repris deux autres verres de scotch, mais simples, et puis un café par-
dessus le tout.

J'étais beaucoup mieux, c'est-à-dire à peu près ivre,
quand je ressortis, et je hélai le premier taxi qui passa. Je
montai à l'arrière.

«Chez ma mère... je veux dire rue Pratt, à Outremont, au coin de la rue Lajoie, dis-je après avoir refermé
la portière.

— Babouin va bien?» demanda le chauffeur en tournant la tête vers moi.

Je restai d'abord figé, trop ahuri pour avoir peur.
C'était Glougoutte, un sourire sardonique sur les lèvres.

«Bien bu? bien mangé?» reprit-il.

Je poussai un cri d'épouvante et je voulus me ruer
hors de la voiture, mais, en même temps, je me rappelai
avec horreur quelque chose de capital, et je sombrai dans
le néant... *trou de conscience*... de nouveau j'étais assis
dans le même fauteuil qu'auparavant, dans l'antre de la
Farine.

J'avais oublié (comment pouvait-on être si bête? mais,
par contre, cela m'avait permis de refaire en partie mes for-

ces) — j'avais donc oublié que je n'avais avec moi que la moitié de mon corps depuis le matin, c'est-à-dire depuis mon arrivée à mon cabinet avec la Farine et Gisèle, où — si le lecteur veut bien faire un effort de mémoire — j'avais été transporté par ubiquité à partir du repaire de la Farine.

Glougoutte venait de me réexpédier de la même manière à mon point de départ et je n'avais pas retrouvé mon état normal (car il y a, dans les instants qui suivent l'arrivée, comme une mise au point des deux corps qui se fait) que, déjà, la Farine et son assistante ouvraient la bouche pour m'accueillir.

«Bienvenue parmi nous, monsieur le Babouin, fit moqueusement l'homme en violet en me saluant d'une inclinaison de tête.

— Comment va mon petit lapin? demanda Gisèle.

— Laissez-moi! suppliai-je tremblant d'effroi, et sans pouvoir faire un geste tant ils me faisaient peur. Laissez-moi partir!

— Ô l'ingrat! le vil ingrat! geignit la Farine.

— Nous allons manger le petit lapin!» dit Gisèle.

Aussitôt, l'air se brouilla et, sous mes yeux, ils disparurent tous deux et apparurent à leur place, dans leurs fauteuils, deux gros serpents verdâtres.

Un râlement de moribond s'étrangla dans ma gorge.

«Sus au lapin!» cria Toutoune en se jetant en bas de son fauteuil, et elle fonça sur moi.

Toutou, lui, s'était dressé sur le bout de sa queue comme un i et il me fixait de ses terribles yeux jaunes... *trou de conscience...* et je fus de nouveau catapulté comme une balle de ping-pong.

Quelques longues secondes passèrent avant que je réalise que je me trouvais chez moi, à mon appartement. Pris de longs frissons nerveux, je tournais la tête de tous côtés, cherchant anxieusement les deux bêtes immondes, et puis, ne les voyant pas, je me laissai aller, épuisé, contre le dossier de mon fauteuil.

Il faisait chaud, pourtant j'étais glacé, et machinalement je me passai le bras sur le front: j'avais la figure trempée de sueur, comme si je sortais de dessous la douche, et je sentis en même temps de véritables rigoles me couler des aisselles.

Je redressai la tête, et c'est alors que je me rendis compte du plus beau de l'affaire: j'étais inexplicablement entier, en ce sens que j'avais tout mon être avec moi et que je n'en avais donc pas laissé la moitié dans l'antre de la Farine, comme cela, me sembla-t-il, aurait dû être. Ma tête tomba de fatigue sur ma poitrine et je me trouvai ainsi à baisser les yeux. J'aperçus, sur la table basse, le cahier noir.

En dépit de ma répugnance, je le pris, comme malgré moi, l'ouvris, puis je tournai d'une main faiblarde les pages par paquets, jusqu'à la dernière. Beaucoup d'autres pages couvertes de la même écriture s'étaient ajoutées.

Je les reproduis ici telles quelles, sans en avoir changé un iota.

19

«Je suis la Voie, la Vérité, la Vie», a dit un Juif.

J'ai trouvé la Voie.

C'est une longue histoire que, fidèle à ma manière, je vais raconter ici dans ses grandes lignes, sans m'empêtrer dans les détails.

Une fois, donc, devenu directeur du service des informations télévisées de Radio-Canada grâce à mes bons soins, mon petit ami fit de moi sa secrétaire, histoire de me remercier mais aussi d'avoir mes rondeurs à portée de la main. Hélas! même à Radio-Canada les postes de cadres sont tuants, et leurs titulaires débordés de travail. Encore faut-il dire qu'il s'agit en majeure partie de travail absurde et vain et dont seraient exemptés les cadres moyens comme mon petit ami si les cadres supérieurs avaient des couilles au cul. Car en bref, et c'est drolatique, le cadre moyen — comme je pus le constater alors à satiété de ma loge — passe sa vie en réunions et au téléphone avec ses supérieurs, à défendre pied à pied la production.

Pourquoi cela? Simplement parce que les cadres supérieurs tremblent dans leurs culottes devant leurs propres supérieurs, c'est-à-dire les politiciens: en véritables mauviettes dépourvues de vision et incapables d'orienter le travail des services, et évidemment trop lâches pour défendre ceux-ci contre la racaille politique, ils répondent donc à chaque attaque venue de haut par une attaque contre leurs inférieurs.

D'abord ravi par sa nomination, mon petit ami fut, les premières semaines, plus pétulant que jamais, et les parties de jambes en l'air se succédaient sur le tapis chinois de son bureau. Et puis, très vite, son travail le mangea et ce fut comme s'il avait oublié mes fesses. Le plus surprenant est qu'il prenait plaisir à ses nouvelles fonctions: quoique d'intelligence moyenne, il y montra soudain un talent insoupçonné pour l'intrigue, les combines, les coups vaches, et, cessant de s'intéresser à mes formes, il commença à débattre avec moi chaque escarmouche de la guerre totale où il se trouvait plongé. Il me faisait confiance et, ensemble, nous mettions au point les pires tours de cochon.

Je le voyais moins que lorsqu'il n'était que simple réalisateur: il sortait souvent le soir et les fins de semaine, participant à des soupers, à des soirées, allant au chalet de l'un ou de l'autre. Je l'accompagnais rarement. J'étais lasse de toujours voir les mêmes faces, lasse aussi de patauger interminablement dans la même sorte d'intrigues, et puis je n'avais plus rien à me prouver à moi-même. Avec l'affaire Phillogène (cet innocent à qui j'avais fait perdre son poste pour le donner à mon petit ami), le démantèlement de la cellule de Pot de chambre, l'essai réussi des pouvoirs que je tenais de Toutou, etc., je savais que mes ailes s'étaient ouvertes pour de bon, que je planais dorénavant bien haut au-dessus des larves qui couvrent la boule terrestre. Je préférais donc la compagnie du gentil Toutou.

Un soir que nous étions seuls et que nous prenions la fraîche sur le balcon de l'appartement du directeur du service des informations (j'étais à demi couchée sur une chaise longue et Toutou lové sur mon ventre comme un chat, les yeux fermés), une idée me vint après lui avoir fait le compte rendu de ma journée et je lui demandai pourquoi il n'irait pas lui-même mettre un peu de piquant dans la vie de Radio-Canada.

«Tu devrais le faire, disais-je en regardant distraitement le centre de la ville qui s'étendait à mes pieds, l'immeuble se trouvant avenue McGregor, sur le flanc de la Montagne. À nous deux, poursuivis-je en reportant mon regard sur Toutou, nous pourrions beaucoup nous amuser. Je commence à m'ennuyer.

— Peuh! fit Toutou avec mépris.

— Pourquoi «peuh»?

— C'est sans intérêt et ça ne serait d'aucune utilité: tout va très bien à Radio-Canada, en ce sens que ça pourrait difficilement être pire. D'ailleurs, poursuivit le serpent en ouvrant enfin les yeux et en me fixant, si j'étais toi j'irais me montrer sous d'autres cieux.»

J'insistai:

«Les choses pourraient aller mieux à Radio-Canada — je veux dire plus mal. Il y a toujours moyen d'améliorer les choses.

— Je te le concède, fit Toutou. Sauf — et écoute-moi bien — sauf que si elles allaient plus mal, elles risqueraient de susciter une réaction et par la suite de s'améliorer. Ce qui veut dire que la médiocrité actuelle est le plus sûr rempart contre le mieux. Voilà la sagesse.»

J'étais encore naïve, et je reconnus donc avec lui que le plus sage était de ne rien faire, c'est-à-dire de laisser jouer la médiocrité.

«Les pleutres, les merveilleux pleutres, sont nos meilleurs amis», conclut Toutou.

Je gardai un moment le silence, puis, d'à demi couchée que j'étais, je passai à la position assise.

«Ma décision est prise, dis-je. Fini, terminé: je quitte Radio-Canada.

— J'applaudis», fit le serpent. Et puis... clap! clap! clap!... j'en restai sidérée. Deux bras, comme télescopiques, étaient sortis des côtés de Toutou et il applaudissait!

«Comment?...» balbutiai-je.

Les bras disparurent comme par enchantement.

«... comment as-tu fait?» achevai-je.

Je n'étais pas effrayée (j'aimais trop mon Toutou pour cela), mais stupéfiée par son geste qui repoussait, bien au-delà de ce que je croyais, les limites de ses capacités et de ses pouvoirs.

«Je suis, madame, répondit-il avec componction en faisant onduler tout son corps, je suis la sagesse même et la mère de l'invention. Souvenez-vous de notre pacte et de ma promesse.

— Époustouflant! murmurai-je avec un frisson dans le dos. Est-ce que...

— Mère de l'invention, mère du savoir, mère des hommes, coupa-t-il en se laissant glisser de mon ventre sur le balcon. L'heure est venue.»

Et là, sous mes yeux, dans la lumière bleutée du soir qui tombait, s'opéra sa transformation.

D'abord, des jambes lui vinrent, les jambes d'homme dans un pantalon violet; puis les bras, dans des manches du même violet; le buste ensuite, vêtu d'un veston de même couleur, si bien que j'eus bientôt devant moi un corps d'homme surmonté d'une minuscule tête de serpent.

Je m'étais mise à avoir peur, de plus en plus peur à mesure qu'avait avancé sa métamorphose.

«C'est… c'est toi, c'est vous? demandai-je, la bouche sèche, d'une voix tremblante.

— Homme ou serpent, où est la différence? demanda la petite tête verte.

— Il y a une différence, dis-je en me reculant sur ma chaise aussi loin que je pouvais. C'est… c'est vous?

— C'est moiii. Je me fais homme.»

Et, lentement, comme un ballon qu'on gonfle, une tête d'homme monta entre ses épaules et cacha peu à peu la tête de serpent.

«Quelle tête!» m'exclamai-je, mais j'étais si troublée que je ne savais plus si j'avais parlé à voix haute ou si mon exclamation était restée intérieure.

Une tête comme je n'en avais jamais vue: quelque chose qui avait la forme d'un œuf, ou plutôt d'un melon d'eau, une tête très longue, avec une face de plâtre, aux traits comme aplatis.

«C'est moi, le fidèle Toutou, madââââme», disait l'homme d'une voix croassante et en souriant d'une façon indéfinissable.

Et puis, comme né ou sorti de cette tête, un chapeau de feutre comme on en voit partout, mais violet, s'y matérialisa graduellement, du bas vers le haut.

«Serviteur, fit le personnage avec une légère révérence et en me tirant son chapeau quand celui-ci fut complètement formé.

— Hallucinant! marmonnai-je.

— *Toutoupeutou,* fit-il, et, comme si de rien n'était, il s'assit dans un fauteuil de toile.

— *Toutoupeutou?* répétai-je (cela sonnait à mon oreille comme une onomatopée sans signification).

— Je dis que je peux tout.

— Je... je crois que je vais me sentir mal», lui annonçai-je.

Tout s'était mis en effet à se brouiller devant mes yeux et, je le sentais, j'étais sur le point de perdre conscience.

«Chère idiote», gloussa l'homme à la tête de melon et, subitement, il ne fut plus là, et je vis à sa place, à mes pieds, mon ami serpent.

«Tu as eu peur, hein?» fit-il.

Je commençais à me ressaisir.

«Oui... j'ai eu peur, avouai-je enfin d'une voix oppressée. J'ai cru que ce n'était plus toi.

— C'était et c'est toujours moi, amen», dit Toutou et, me tournant le dos, il rampa jusqu'à la balustrade de fer forgé et regarda la ville.

Le soir même, une fois remise de mes émotions je raflai l'en-cas de mon ex-ami de Radio-Canada (quelques centaines de dollars qu'il gardait entre deux livres de sa bibliothèque) et après avoir fait mes valises, je partis.

Je couchai cette nuit-là à l'hôtel et, dès le lendemain, je louais un grand appartement rue des Érables, près de la rue Bélanger, où je m'installai le jour même.

Au cours de la nuit passée à l'hôtel, j'avais eu une brève discussion avec Toutou-serpent et — pour des raisons que je ne veux pas expliquer ici — nous avions convenu qu'il allait, je ne savais comment, effacer toute trace de mon passage à Radio-Canada.

«Ce sera, me dit-il, comme si tu n'avais jamais existé, et comme si tu n'existais pas.»

Je n'avais pas de raison de douter de sa parole et comme de toute façon je m'en fichais — je veux dire de

Radio-Canada, des gens que j'y avais connus et des traces que je pouvais y avoir laissées —, je le laissai faire, et je n'entendis plus parler de rien.

Une vie plus drôle, plus mouvementée, commença.

Dès le premier soir de mon installation rue des Érables, Toutou, pour la seconde fois, se changea en homme en ma présence. On aurait dit d'un spectacle: je n'avais pas encore eu le temps d'acheter un seul meuble — l'appartement était donc complètement vide — et c'est au milieu du salon, comme sur une scène, que Toutou fit pour ainsi dire son numéro.

J'étais à la fenêtre, songeuse, me demandant à quoi j'allais occuper ma soirée. Quand au bout d'un moment je me retournai, je faillis avoir une attaque d'apoplexie: sur le plancher, là où j'avais laissé en tournant le dos un serpent à moitié engourdi, se tenait maintenant une créature mi-homme mi-reptile, c'est-à-dire avec des membres humains mais un corps et une tête de serpent.

Je poussai un cri étouffé, paralysée par la surprise, alors que Toutou, en silence, achevait sa transformation. Comme la première fois, le tronc apparut ensuite, et enfin la tête.

«Vous m'avez fait peur, soufflai-je en me tassant contre le radiateur courant sous la fenêtre. Je n'ai pas encore l'habitude.

— Puis-je vous inviter à venir prendre un verre? demanda galamment l'homme à la tête de melon. (Malgré ce qu'il m'avait dit la fois précédente, j'étais encore incapable de croire que c'était vraiment mon Toutou, en partie j'imagine parce qu'il me vouvoyait en se faisant homme.)

— Pourquoi me vouvoyez-vous? demandai-je.

— Et vous? répliqua-t-il.

— Parce que… parce qu'il me semble que vous n'êtes pas mon ami Toutou.

— Je suis Toutou, idiote. Qui est-ce que tu penses que je suis, alors? Souviens-toi donc de ma promesse.»

Le tutoiement et ce ton mordant qui m'était familier commencèrent à me rassurer.

«Admettons que vous êtes Toutou, dis-je.

— Laisse ton «admettons»! lança-t-il. Je suis toujours ton ami Toutou, même sous cet aspect, et tu verras que ce peut être très amusant.

— Alors, sortons, dis-je. Il n'y a rien à faire ici. Je préfère… je préfère que vous remettiez à un peu plus tard la réalisation de vos autres promesses.

— Je suis à vous dans un instant.»

Il me planta là, passa le couloir et pénétra dans la chambre d'en face. Après un instant, je l'y suivis, sans comprendre ce qu'il allait y faire.

Je le surpris en train de frapper à la porte de la garde-robe:

«Ça y est, là-dedans? demandait-il.

— Il y a quelqu'un dans la garde-robe?» dis-je, très étonnée.

L'homme à la face de plâtre — ou Toutou, puisque c'était effectivement lui — ne fit pas attention à la question. Il frappa de nouveau à la porte.

«Holà, imbécile! gronda-t-il. Tu es prêt?

— Un instant, maître, répondit enfin une voix assourdie par la porte.

— Qui est-ce? demandai-je.

— C'est Glougoutte, mon compère à tout faire, m'expliqua Toutou. C'est un pauvre diable, un timide. Grouille! reprit-il à l'adresse de l'être caché dans la garde-robe.

— Ça y est», répondit la voix.

Là-dessus, manœuvrée de l'intérieur, la poignée tourna et la porte s'ouvrit.

Un homme de taille moyenne, plutôt gras et la peau quasi aussi blanche que Toutou, apparut à nos yeux.

«Tu es stupide! cracha Toutou. Je t'avais dit d'être prêt!

— Excusez-moi — mon gîte me faisait des problèmes, dit l'autre. Bonsoir, vous, ajouta-t-il à mon adresse avec un hochement de tête.

— Je m'en sers pour les basses besognes. C'est tout ce dont il est capable, m'expliqua Toutou.

— Les basses besognes m'amusent ferme, dit le nommé Glougoutte avec un air placide, sans se formaliser de l'insulte.

— Tu sais ce que tu as à faire, lui dit Toutou. Nous, nous sortons. Viens», conclut-il en me prenant le bras.

Le temps était beau et nous nous dirigeâmes à pied vers le centre de la ville. Contrairement à la première fois où il m'était apparu sous son aspect d'homme en complet violet, l'homme à la tête de melon portait maintenant des vêtements passe-partout, brun pâle, et il n'y avait, me semblait-il, que son teint farineux à attirer l'attention de certains passants.

Son comportement avec son compère Glougoutte, sa voix, son ton — tout était conforme à ce que je savais de mon ami le serpent Toutou et, chemin faisant, j'en vins à accepter tout à fait l'idée que Toutou-serpent et Toutou-homme étaient une seule et même créature.

Nous arrivions rue Saint-Denis, à la hauteur du cinéma Rivoli, quand, après n'avoir pratiquement pas dit un mot jusque-là, je fis part de la chose à Toutou, à savoir qu'il restait à mes yeux le même.

«Très bien, très bien! nous allons pouvoir enfin nous amuser», fit-il remarquer.

À partir de ce moment, je retrouvai mon aise et ce fut entre lui et moi comme avant. Je le questionnai donc —

ce que je n'avais pas osé faire jusque-là — sur le curieux personnage surgi de ma garde-robe.

Les êtres de son espèce, m'expliqua-t-il, travaillaient deux par deux, et lui et Glougoutte formaient une paire. Mais chacun, sous sa forme de serpent, avait un gîte différent (je connaissais fort bien celui de Toutou!) et ils ne se retrouvaient qu'au besoin. Enfin, Glougoutte, à l'entendre, ne brillait pas par son intelligence et, répéta-t-il, il ne pouvait l'employer qu'à des tâches subalternes. Dans ce cas-ci, et là était la raison de l'apparition de Glougoutte dans ma garde-robe où il s'était transporté par ubiquité, il l'avait chargé de meubler mon appartement.

J'étais surprise, car j'avais cru être un cas unique: personne d'autre que moi, à ma connaissance, n'avait en effet de relations suivies avec un serpent, alors qu'il avait bel et bien dit que Glougoutte-serpent avait lui aussi son gîte. Cela pouvait laisser supposer que ce gîte était, comme pour Toutou, un ventre féminin, et donc que Glougoutte entretenait lui aussi des relations amicales avec sa logeuse. Toutefois, quand je l'interrogeai sur le gîte de son compère, il refusa de répondre.

«Secret professionnel», répliqua-t-il, et j'eus beau reprendre la question de trois ou quatre façons, sa réponse fut à chaque fois la même.

❏

Les imbéciles pourraient croire qu'une soirée avec un être supérieur de la trempe de Toutou était inévitablement une suite ininterrompue d'aventures exaltantes. Eh bien, non! La soirée était belle, je l'ai dit, et comme deux niais nous nous contentâmes simplement de descendre la rue Saint-Denis, où régnait comme tous les soirs, à partir du square Saint-Louis, une joyeuse animation. Les bars et les restaurants dégorgeaient des niais, d'autres y entraient, et les trottoirs en étaient couverts. Dans la rue coulait lentement un flot continu de voitures, sur lesquelles se reflétaient, comme dans des miroirs, mille et une lumières.

Au bras de Toutou, j'étais heureuse, moi la niaise, et quoique j'aime caqueter je restais coite, tandis que l'homme à la face de plâtre philosophait.

«La vie, disait-il, est un gâteau, c'est-à-dire, mon amie Ribote, une cascade de plaisirs, qu'il faut dévorer bouchée par bouchée. La vie est aussi comme un radiateur, dont l'eau dégoutterait. Cette eau, il faut la boire goutte à goutte, sans jamais se lasser.»

Il continua dans cette veine pendant je ne sais plus combien de temps, accumulant les images. Je n'écoutais que d'une oreille, car j'avais une idée derrière la tête: en fait, ma culotte était de plus en plus humide — je me disais que puisque Toutou était aussi un homme, il pouvait bien me mettre sa queue au gîte. Et maintenant, j'étais prête.

«Tu frétilles, Ribote! Patience, patience, tu verras quelle belle surprise je te réserve!» me répéta-t-il à quelques reprises en roulant les yeux, d'un ton à la fois égrillard et moqueur.

De toute évidence, l'animal lisait dans mes pensées et faisait ses délices de mon désir.

«Ce n'est pas vous qui m'excitez, cher Toutou, que je répondais en mentant comme une bonne sœur, c'est la rue, la vie de la rue: tous ces gens, toutes ces lumières.

— La vie est également comme une rue…» poursuivait-il, se remettant à pérorer.

Et puis, comme à mon habitude, je finis par me lasser:

«Faisons quelque chose! dis-je.

— Voui! Que voulez-vous que nous fassions?

— Quelque chose, n'importe quoi. Amusons-nous!»

Nous déambulions alors rue Sainte-Catherine, approchant du boulevard Saint-Laurent. Les passants, beaucoup moins nombreux que rue Saint-Denis, étaient égrenés sur les trottoirs.

Il n'y avait pas vingt secondes que j'avais fait ma demande au bon Toutou que celui-ci, avisant un clochard ivre mort recroquevillé comme un fœtus sur une marche, lui flanqua un magistral coup de pied de bas en haut en pleine figure. Le coup claqua comme un coup de pied donné dans une flaque de boue, un gémissement échappa à l'ivrogne qui fut littéralement soulevé de terre et retomba, désarticulé comme un pantin, sur le trottoir.

Comme farce, ce n'était pas ce qu'il y avait de plus réussi, et je me contentai de remercier d'un semblant de sourire l'homme à la tête de melon.

«Je vois que ça ne vous a guère plu, fit observer Toutou. Madame veut donc les grandes orgues. Et ceci?» ajouta-t-il.

Ce disant, il projeta dans la rue d'une vigoureuse poussée une petite femme rondelette, très cambrée, qui marchait gaillardement devant nous en faisant claquer ses talons hauts. Un cri strident de souris échappa à la femme qui battait l'air de ses bras comme pour freiner, tandis que trois autos arrivaient sur elle en trombe côte à côte.

L'automobiliste qui allait la happer freina à mort, dérapa et percuta dans le côté la voiture voisine. Le troisième véhicule passa son chemin en ronflant, sans anicroche, tandis que les deux autres rentraient ensemble avec un fracas d'enfer dans une bijouterie et que la boulotte, que personne hélas! n'avait touchée, s'étalait sur l'asphalte de tout son long en criant comme un cochon qu'on égorge.

Cette fois, c'était drôle, quoique assez peu subtil, et je ris un peu.

«Heureux de voir que vous commencez à vous amuser, dit Toutou.

— Écœurant, assassin, trou du cul!» tonna une voix dans notre dos, cependant qu'une main large comme un madrier s'abattait sur l'épaule du bon Toutou.

Celui-ci tourna avec souplesse sur ses talons, comme s'il avait été monté sur roulements à billes, et fit face à son assaillant, qui, plutôt que de lui aplatir le nez d'un coup de poing comme je l'avais prévu, continua à l'invectiver de sa grosse voix:

«Es-tu fou, maudit braque? je t'ai vu!

— Pour votre service?»

Le particulier, un colosse aux cheveux roux coupés en brosse, très gros, en chemise blanche, resta un moment interloqué devant le calme souverain de Toutou.

«Eh bien? demanda mon compère.

— Je vais t'en rendre un service!» gronda le colosse et, daignant enfin user de sa force, il lança son poing, de la grosseur d'une aubergine, à la figure de Toutou.

Vif comme un serpent (eh oui!), Toutou coucha la tête sur l'épaule et, tandis que le poing du gorille fendait l'air, il porta la main à son ventre, tira une grande fourchette à découper de je ne sais où, et puis la fourchette, comme une épée, fut enfoncée jusqu'au manche dans la bedaine de l'homme roux où elle resta.

Celui-ci fit ouf!, lâcha Toutou et, légèrement plié en deux, se mit à tituber sur le trottoir en reculant.

«Partons», dit Toutou en tirant par le bas, d'un geste mignard, son veston qu'avait tout froissé la poigne du colosse.

Quatre ou cinq passants avaient assisté d'une certaine distance à la courte lutte et nous laissèrent passer en s'écartant vivement, comme si j'avais accompagné Belzébuth lui-même.

«Eh bien! chère Ribote, charmante soirée, n'est-ce pas? disait l'homme à la tête de melon comme si de rien n'était.

— Amusante, mais pas suffisamment, dis-je. Rentrons, je commence à avoir mal aux pieds.

— Qu'est-ce qu'ils ont, vos chers pieds?

— J'ai trop marché.

— Alors, d'accord: rentrons.» Boulevard Saint-Laurent, nous hélâmes un taxi, comme n'importe quel autre couple en goguette, et nous nous fîmes conduire rue des Érables.

Une heureuse surprise m'attendait.

Nous venions de descendre du taxi et nous nous apprêtions à monter chez moi quand je vis sortir d'une maison voisine le gentil Glougoutte avec deux très belles lampes à abat-jour vert pâle dans les bras.

«Où est-ce que vous allez avec ces lampes? demandai-je en le voyant s'approcher de nous.

— Je vous meuble comme le patron me l'a demandé, répondit Glougoutte toujours aussi placide.

— C'est exact: c'est ce que je t'ai demandé, dit Tournoukriel.

— Vous les avez prises où, ces lampes?» repris-je.

À cette question, le compère de Toutou posa sur moi un regard amusé et, avec un sourire à faire peur:

«Les gens de la rue sont gentils, dit-il. Ils m'ont donné plein de choses.

— Bravo», approuva Toutou d'un ton neutre.

J'eus un bref éclat de rire, poussai la porte et, suivie de Toutou et de Glougoutte avec ses lampes, je montai.

Le pauvre diable qu'était prétendument Glougoutte avait fait merveille: toutes les pièces étaient déjà meublées, au surplus avec goût, ne manquant plus ça et là qu'un certain nombre de babioles pour compléter la décoration.

Je n'en revenais pas.

«Si vous avez besoin de quelque chose d'autre… faisait remarquer Glougoutte qui marchait sur mes talons pendant que j'allais rapidement d'une pièce à l'autre. Peut-être quelques livres, ou même toute une bibliothèque, si vous préférez. Quelqu'un m'a parlé d'un écrivain qui habite à deux portes et qui a une bibliothèque bien garnie. Ou alors d'autres lampes, ou bien des bibelots… c'est comme vous voulez.

— Mais c'est merveilleux! Merveilleux! m'exclamai-je enfin. Vous êtes un ange!

— Eh oui!» ricana-t-il.

Nous étions au fond de l'appartement, dans la pièce la plus éloignée de l'entrée, que Glougoutte avait habillée en un joli boudoir, dans des tons pastel violets et jaunes, et qui pouvait aussi servir de chambre. Toutou, le mécréant, ne nous avait pas accompagnés dans notre visite de l'appartement.

«Mon cher Toutou, venez voir! appelai-je. Le gentil Glougoutte a parfaitement réussi.

— Je me repose, l'entendîmes-nous répondre. Est-ce que c'est terminé?

— C'est très beau — merveilleux!

— Dans ce cas-là, fiche le camp, Glougoutte! ordonna Toutou de l'autre bout de l'appartement.

— Ne partez pas tout de suite, ordonnai-je de mon côté à Glougoutte. Je serais curieuse de savoir comment vous avez fait pour persuader les gens de vous donner tous ces meubles. Ce fauteuil, par exemple, poursuivis-je en m'asseyant dans un petit fauteuil à motifs de fleurs, moelleux et très confortable. Comment est-ce que vous l'avez eu?»

Voici la réponse de Glougoutte, réponse qu'il me fit debout, sans se départir un instant de sa placidité malgré la crudité et la force d'expression des mots qui tombaient de sa bouche.

«Les hommes, dit-il, sont d'affreuses bêtes puantes, lâches, menteuses, sournoises et hypocrites comme des hyènes. La seule façon de se comporter avec eux est de les traiter de manière franche et directe, et c'est ce que j'ai fait pour vos meubles.

«Par exemple, ce fauteuil et aussi ce divan violet appartenaient à une quinquagénaire, une veuve, chez qui je me suis présenté, pour ne pas la troubler, comme un inspecteur du service de protection contre l'incendie. Après avoir inspecté l'appartement, je lui ai dit que ces deux meubles me plaisaient particulièrement et, donc, que j'allais les emporter. J'ai même daigné lui expliquer pourquoi je les voulais.

«J'ai une amie très chère, lui ai-je dit, qui est sans le meuble et qui en a grandement besoin. Ayez donc la bonté de les lui donner sans faire d'histoires.

«Cette dame un peu grosse, teinte en blond, me regardait avec des yeux immenses, sans pouvoir articuler un mot. Puis elle s'est mise à bafouiller qu'elle ne comprenait pas ce que je voulais dire, comment et pour quelle raison un inspecteur du corps des pompiers pouvait vouloir ses meubles, etc.

«J'ai répété mes explications, en précisant que je n'étais pas un inspecteur du corps des pompiers, mais, têtue, elle s'est de nouveau refusée à comprendre. Elle avait peur, elle criait, elle menaçait d'appeler la police, si bien que pour lui faire entendre raison, j'ai dû employer la manière franche et directe — j'ai mis le feu aux rideaux du salon avec une allumette. En même temps, afin de ne pas trop l'effrayer, je lui souriais amicalement.

«Après avoir hurlé à la vue des flammes, elle s'est sauvée au fond de l'appartement (quand je vous disais que les hommes sont lâches!), où je l'ai suivie. Elle s'était réfugiée à la cuisine et, tremblant comme une mauviette, elle essayait de composer un numéro de téléphone.

«Je suis un être décidé malgré tout ce que monsieur Tournoukriel peut dire de moi, et je lui ai donc saisi le bras, doucement mais fermement, puis j'ai ramené ce bras dans son dos et je l'ai lentement remonté vers l'omoplate.

«Est-ce que vous me les donnez, ces meubles?» que je lui demandais.

«Eh bien! chère madame Ribote, cette femme était encore plus têtue et hypocrite que je ne l'avais cru, car maintenant, malgré mes manières de plus en plus franches et directes, elle se refusait toujours à comprendre — elle ne voulait rien répondre. Elle avait la bouche grande ouverte, elle trépignait comme une épileptique en braillant, mais pas un son sensé ne sortait de sa bouche, si bien que pour l'amener à faire preuve d'un peu plus de franchise et d'honnêteté, j'ai accentué la pression.

«Je l'avais pourtant avertie:

«Attention, lui avais-je dit, ça va finir par faire crac.»

«Elle s'est obstinée, et, effectivement, après une minute ou deux (ses doigts touchaient à ce moment-là sa nuque), il y a eu un claquement mou dans son bras — un bruit de viande et d'os — et elle s'est mise à danser avec son bras qui pendait comme un bras de guenille, en poussant des cris absurdes.

«Je crois qu'elle souffrait un peu, alors par bonté, malgré sa mauvaise volonté, je lui ai allongé un direct en plein front et elle s'est écrasée par terre comme un sac.

«Tout s'est passé ensuite très simplement et très civilement. J'ai fait entrer mon Simon de Cyrène qui m'avait attendu sur la palier — un plombier qui m'avait donné un peu plus tôt tout son mobilier de salle à manger — et ensemble nous avons amené le divan et le fauteuil ici.»

Impressionnée par la technique de Glougoutte, je le questionnai sur le plombier et sur la façon dont il s'y était pris pour le persuader de l'aider.

«Un homme compréhensif, celui-là, dit Glougoutte. Avec lui, j'ai été encore plus direct — je suis entré en lui expliquant aussitôt que je venais voir s'il n'y avait pas chez lui quelque chose qui pouvait m'aller.»

Court, trapu, musclé, poilu comme un singe, le plombier, selon Glougoutte, avait fait semblant de se rendre à sa demande sur-le-champ. Mais alors qu'ils visitaient la cuisine, le malotru lui avait abattu par derrière un grand bout de tuyau de trois pouces de diamètre sur le crâne.

«Ubiquité — le corps dans cet état n'a pas de substance réelle, expliqua Glougoutte, ce qui fait que le tuyau m'a traversé comme si j'avais été une fumée et qu'il est allé fracasser deux orteils de l'homme.

«J'ai bien ri devant sa mine ahurie, et ils ont eu si peur, sa femme, lui et ses enfants, qu'ils ont ri avec moi. Après cela, Simon a été très compréhensif et il m'a suivi partout en clopinant avec ses orteils en bouillie.»

Glougoutte ajouta, enfin, qu'il avait dû visiter au total douze appartements pour arriver à me meubler, et qu'il avait réussi à convaincre toutes les «bêtes puantes» de lui céder quelque chose. Ainsi, une vieille fille, Marielle Martineau, lui avait donné les lampes avec lesquelles je l'avais vu à mon retour, «parce que, simplement, je lui ai dit qui j'étais et qu'elle a eu l'intelligence de me croire».

J'en savais assez (j'avais maintenant autre chose en tête) et je ne le questionnai pas davantage.

«Vous débordez de talents, Glougoutte, conclus-je. Félicitations.

— Merci. Mais je dois me retirer. Permettez, dit-il, et, ouvrant la porte de la garde-robe, il y entra, puis tira la porte sur lui.

— Vous partez comment? demandai-je.

— Ubiquité», répondit-il de dedans.

C'était effectivement un timide, comme l'avait fait remarquer Toutou, car il n'avait nul besoin de se cacher pour disparaître.

La fringale me reprenant, je m'empressai d'aller rejoindre Toutou au salon. Mon ami était debout à la fenêtre, les bras croisés, et regardait dehors avec une expression songeuse. Je m'approchai.

«Qu'est-ce que tu mijotes, mon coquin? demandai-je dans son dos.

— Et toi, chère Ribote? répliqua-t-il en me regardant par-dessus son épaule avec un curieux sourire.

— Ça!»

Et, d'un geste vif et précis, je lui baissai son pantalon, car j'avais toujours la même idée derrière la tête. Jamais je ne suis restée aussi ahurie de ma vie.

Toutou, lui, éclata de rire bruyamment en voyant ma mine déconfite, riant d'une façon si hachée qu'on aurait dit des jappements de chien.

«Ya! ha! ha! ha! ha! rugissait-il. Ya! ha! ha! T'es contente?

— Qu'est-ce que t'en as fait?» balbutiai-je horrifiée.

Là où aurait dû être son sexe, rien ne se voyait, et la peau était lisse et blanche, sans une ouverture, sans poils, comme sur les statues de femmes antiques.

«Je l'ai mangé! glapit-il avec un nouvel éclat de rire.

— C'est abominable!

— Je t'ai dit que j'allais te faire une surprise. Pour une surprise, c'en est une!

— Comment se fait-il que tu n'en aies pas? repris-je sans pouvoir encore y croire vraiment. (Je me sentais en même temps terriblement frustrée et sur le point d'éclater.)

— Je n'en ai pas. C'est tout, répondit-il en riant un peu moins fort. Qu'est-ce que je ferais avec, hein?

— Et moi? lançai-je. Qu'est-ce que tu fais de moi?

— J'ai l'honneur de te passer tout entier entre les jambes au moins une fois par jour. Ce n'est pas assez?

— C'est différent, j'ai besoin des deux! T'entends? ajoutai-je en élevant le ton. J'ai besoin des deux! Tu m'as menti!

— Eh bien! les queues courent les rues. Tu n'as que l'embarras du choix. D'ailleurs, j'ai mieux pour toi.

— Tu es... tu es une horreur! hurlai-je. Un monstre! un démon!

— Tu l'as dit», fit-il dans un ricanement.

La colère est souvent mauvaise conseillère. À ces mots, sans m'arrêter un instant à ce qu'il était, je me jetai sur lui dans un accès de rage incoercible (dû sans doute à mon impuissance à changer quoi que ce soit à sa situation); les doigts comme des griffes, je visais les yeux avec l'intention très nette de les lui arracher.

La riposte fut trop foudroyante pour que je puisse parer: comme s'il avait prévu mon geste, Toutou avait déjà sauté de côté comme une puce et, m'empoignant par les cheveux, il me catapulta par la fenêtre.

Le fracas que je fis en la traversant me sembla si énorme que ce fut comme si les vitres m'éclataient dans les oreilles et je vis le sol monter vers moi à toute vitesse au milieu des éclats de verre qui m'accompagnaient dans ma chute.

Et puis, voilà quels étaient les avantages d'avoir un maître comme Toutou, je tombai en douceur sur un morceau de gazon, sans me faire le moindre mal, car j'avais eu la présence d'esprit, sitôt en route vers le sol, de me changer en serpent. Et un serpent, je vous en informe, peut tomber de bien haut impunément.

«Amusant, n'est-ce pas? dit Toutou penché à la fenêtre.

— Salaud! sale bête! vociférai-je, et je repris ma forme humaine.

— Idiote! répliqua l'homme à la tête de melon. Je t'ai dit que j'avais pour toi mieux qu'une queue, et tu n'as même pas demandé de quoi il s'agit.

— Qu'est-ce que c'est? dis-je, encore furieuse, tout en me tâtant et en m'examinant, car je craignais d'avoir eu tout le corps tailladé.

— Viens-y voir.

— Je ne monterai pas avant de savoir. (Seuls mes bras avaient été touchés, et encore, heureusement, les blessures étaient superficielles.) Qu'est-ce que c'est?» répétai-je en levant les yeux.

Mais Toutou n'était plus à la fenêtre.

Je n'avais pas le choix: j'allai donc sonner, le timbre de la commande d'ouverture se fit entendre, et je pus entrer. À la fois humiliée d'avoir été atrocement trompée mais aussi fière de m'être dressée contre lui — quoique sans succès aucun —, je montai.

Ce fut le plus beau jour — ou plutôt la plus belle nuit de ma vie.

Mais d'abord, je l'accablai de reproches: n'avait-il pas rompu le pacte que nous avions conclu dans ma chambre du square Saint-Louis, le soir même où j'avais planté là Barbiche? Je lui rappelai même, mot à mot, la promesse formelle qu'il m'avait faite alors:

«J'habiterai en toi et en retour tu auras le don de te changer en serpent et de changer en serpents tes amoureux, de même que le pouvoir de te transporter où tu voudras par ubiquité et d'amener avec toi par le même moyen tes amoureux.

«Quand j'aurai habité en toi un certain temps et que le temps sera venu, je me ferai homme sous tes yeux et tu connaîtras alors les plus grandes délices de ta vie. Miam! miam! miam!» avait-il conclu avec des roulements d'yeux significatifs et en tirant la langue à petits coups rapides.

Eh bien! lui expliquai-je amèrement en substance, ce n'était pas avec un infirme, avec du néant entre les jambes, que j'allais connaître les félicités promises, après en avoir salivé d'avance pendant des mois. Et je conclus:

«Tu es repoussant! Pouah!

— Je n'avais pas précisé la nature des délices en question, voilà! Ce qui fait que je ne suis pas un menteur, mais que toi, tu es une idiote de ne pas m'avoir posé la question», répliqua Toutou sans relever l'insulte.

Il n'y avait pas moyen de discuter avec un être pareil et renonçant à gaspiller ma salive, je me tus et lui tournai carrément le dos. Il faut dire qu'il conservait largement l'avantage, car — et il devait le savoir — j'avais des démangeaisons de connaître ce qu'il avait à me proposer.

«J'ai mieux, chère Gisèle, beaucoup mieux, susurra Toutou.

— Garde-le pour toi. Ça ne m'intéresse pas, dis-je en croisant les bras.

— Hé! hé! v'là-t-y pas qu'on devient menteuse!

— Si c'est si intéressant que tu veux bien le dire, cesse de tourner autour du pot.»

Et, tandis que je regardais par la fenêtre fracassée en faisant mine de m'intéresser au spectacle du dehors, il approcha par derrière et me chuchota à l'oreille:

«Je te ferai voir et connaître ce que nul avant toi n'a connu!

— Une nouvelle marque de chips? demandai-je par dérision.

— Je t'invite chez moi, chuchota-t-il encore. Je t'indiquerai la voie.»

Ma curiosité était maintenant piquée pour de bon et je cédai — je me retournai vers lui:

«Où ça? qu'est-ce que tu veux dire?

— Regarde bien.»

Il me tourna le dos à son tour, baissa son pantalon et, se penchant en avant, il me mit sous le nez son gros derrière tout blanc. On aurait dit la Lune.

— Qu'est-ce que tu vois? demanda-t-il.

— Tu m'agaces! grognai-je. Je te vois le derrière et il n'a pas l'air plus intelligent que les autres derrières.

— Tu vois la voie: l'anus est la voie, car si je n'ai pas de queue, j'ai un anus. Change-toi en serpent, reprit-il en se démanchant le cou pour m'adresser un sourire, et rentre en moi comme j'entre en toi.»

Sa proposition me suffoqua («Suis-je tombée sur une tapette?» pensai-je) et, malgré moi, j'observai un silence.

«Qu'est-ce que… j'irais faire là-dedans? dis-je enfin.

— C'est la voie. Viens.»

Celui-là, il sait parler aux femmes: la voix était douce, persuasive, et quoique je le cachais encore, je ne demandais pas mieux que d'aller voir. En même temps, tout cela était si inusité que, malgré mes frémissements d'impatience, j'hésitais.

«Viens, tu seras chez moi comme chez toi, poursuivait Toutou d'une voix de velours.

— Qu'est-ce que je verrai?

— Tout.

— Et je pourrai revenir?

— Quand tu voudras.»

Je me sentais toute molle et je tombai à ses pieds — je veux dire que j'abandonnai ma forme humaine pour me changer en serpent et, me dressant aussitôt sur la queue, j'enfonçai fiévreusement ma petite tête verte entre ses deux hémisphères blancs. J'avais trouvé la Voie!

❑

J'entrais dans les Ténèbres par le ventre de mon ami, qui me sembla d'abord creux et vide comme une citrouille desséchée. Et puis j'arrivai au Royaume de Toutou, ou plutôt au Royaume du Maître, au milieu de tous les congénères de Toutou. Délices, bonheur, plaisir! Le Royaume est sur terre, et Toutou et les siens le peuplent avec tous leurs amis terrestres.

Toutou m'attendait là-bas et me fit les honneurs du Royaume… et point final: l'imbécile qui me lit n'est pas digne de savoir ce qui se passe dans le Royaume et de connaître son secret! (D'ailleurs, malédiction, je ne m'explique pas la faiblesse que j'ai pour lui. Mais ces lignes ne sont que pour son édification personnelle, et gare à lui s'il en rapporte quelque chose!)

....

Toute bonne chose a sa fin, et je revins finalement rue des Érables.

J'étais maintenant trempée et prête à accomplir de grandes choses.

Deux jours plus tard, je revis à une terrasse un des nombreux médecins que j'avais consultés du temps de ma léthargie.

Même un être trempé comme je l'étais maintenant a ses faiblesses, et j'en eus une, qu'on ne me demande pas pourquoi, pour ce petit bourgeois élégant. Dès cette nuit-là, toutefois, je me vengeai admirablement de l'attrait qu'il exerce sur moi, le gueux! en lui en faisant voir de toutes les couleurs. Et puis, il en sait quelque chose, ça ne s'est pas arrêté là, et ce n'est pas encore fini: tant que ce salaud me tiendra entre ses griffes, tant qu'il ne m'aura pas débarrassée du sortilège qui m'attire vers lui, il le paiera cher. Écœurant, salaud de Rabouin! Dégoûtant personnage! Je te hais, t'entends? Je demanderai à Toutou de te changer à ton tour en crapaud si tu ne me lâches pas. Je voudrais te voir réduit en bouillie. Salaud!

Bon… que je me calme. Je suis calmée. Écœurant! Trou du cul! Enfant de chienne!

....

Je me suis vengée quand même: me sentant à ce moment-là incapable de m'attaquer à lui (mais il ne perd rien pour attendre), je me suis peu après payé une avance sur un de ses amis, un psychiatre, un nommé Corbeil, que j'avais accepté de consulter à sa demande, car le sieur Rabouin me croit dérangée.

Le bouffon magicien me reçut à son cabinet de la rue Sherbrooke en soirée, un peu après dix heures. Cabinet élégant mais prétentieux, à l'image de son propriétaire. Meubles ultramodernes, bois, métal et cuir, des tableaux sans queue ni tête aux murs, le tout assis sur un splendide tapis persan, un Isfahan, que le *décerveleur* avait bien dû payer dans les dix mille dollars. Quelques lampes, enfin, certaines anciennes, d'autres dernier cri.

Avec ma robe vermillon moulante, savamment décolletée (un décolleté carré, fort décent, mais qui révèle tout de mes trésors quand je me penche en avant ne serait-ce qu'un tantinet), j'allais dans le décor aussi parfaitement que le poignard dans son fourreau.

Tout marcha au-delà de mes espérances. Au premier regard qu'il jeta sur moi, je sus que Corbeil, aussi dédaigneusement professionnelle que parût sa lippe, serait une proie facile.

Il ne se leva pas quand je parus, se contentant d'allonger sa longue main rose et bien soignée pour m'indiquer le fauteuil de cuir, devant son bureau en acier inoxydable:

«Assoyez-vous», dit-il.

Dans son fauteuil, l'homme paraissait plus grand que la moyenne; il était habillé avec une élégance un peu passée de mode — le crâne commençait à se dégarnir, les yeux, fureteurs, mobiles, étaient ceux d'un voyeur malgré leur froideur de commande.

La comédie commença. Je m'assis et croisai les jambes, avec ce mouvement souple et arrondi qui les met si bien en valeur. Et puis, pudiquement, jouant la femme intimidée mais qui sait se contrôler, je levai les yeux sur lui — un regard de pauvre femme à la recherche de son sauveur.

«On ne m'a rien dit de vous, reprit Corbeil du ton neutre de rigueur. On m'a dit seulement qu'il vous serait peut-être utile de voir un psychiatre.»

Et il se tut, en croisant les mains devant sa bouche, les index levés.

«Je ne sais pas si j'ai besoin d'un psychiatre, commençai-je en portant mon regard à gauche et à droite, comme si j'avais été effarouchée de le regarder. Peut-être… Mon ami, lui, croit que oui.»

Silence. Puis je le regardai un instant, d'un regard rempli d'un muet espoir. Le pauvre cancre me dévisageait fixement, et je voyais dans ses yeux qu'il croyait déjà dur comme fer lire en moi comme dans un livre. Je portai un coup:

«Je ne pense pas avoir de problème particulier, repris-je en détournant les yeux. Sauf que (je le regardai)… sauf qu'il m'arrive de croire que je suis un démon et que j'entretiens des relations suivies avec un autre démon.»

Il ne broncha pas. Toutefois, ses index se plièrent, puis se relevèrent aussitôt. «Pourquoi pensez-vous être un démon?» demandaient ses yeux et sans le forcer par mon silence à exprimer sa question de vive voix, je poursuivis de moi-même:

«C'est à cause de mon comportement… je veux dire de mon comportement avec les hommes. (Je décroisai et recroisai les jambes.) J'ai… j'ai rendu des hommes follement heureux, et puis je les ai laissés tomber comme de vieilles paires de souliers.»

J'eus un sourire à la fois modeste et embarrassé. Nouveau silence.

«Je ne veux pas dire que je ne leur étais pas moi-même attachée d'une certaine façon, mais… mais on dirait qu'à chaque fois je prends un malin plaisir à les planter là. Surtout quand ils ne peuvent plus se passer de moi. Par exemple (je ralentissais le débit)… par exemple, si vous, docteur, vous tombiez amoureux de moi, il n'y a rien qui ne me ferait plus plaisir que de vous voir ramper à mes pieds puis, pour ainsi dire, de vous fouler aux pieds.»

Ceci dit, je me calai dans le fauteuil de cuir et ma robe rouge remonta jusqu'à mi-cuisse. J'ai des jambes superbes, à la fois fines et bien galbées, et l'ami de Rabouin n'en perdait pas un demi-centimètre carré.

«Alors, quand ça m'arrive, repris-je d'une voix morne, du ton de quelqu'un honteux de soi-même, j'ai l'impression qu'il y a quelque chose de démoniaque en moi. Il me semble que ce n'est pas normal de s'amuser à faire souffrir les autres, surtout ceux qui nous aiment. De ce point de vue-là, j'ai peut-être un problème. Par exemple, c'est encore récent, un superviseur de la télévision a divorcé par amour pour moi —il a tout laissé, sa femme, ses enfants—, puis il a pris un appartement et après lui avoir promis d'aller habiter avec lui, je l'ai planté là.

— Parlez-moi de vos parents», dit le maître.

J'inventai là-dessus les pires sornettes. Je lui dis que mon père était un ivrogne qui battait ma mère et la privait du nécessaire, que celle-ci, malgré des bouffées de révolte, n'avait jamais réussi à se défendre contre lui — bref, je lui peignis l'enfer familial typique, mais, comme il se doit, précisai-je, habilement caché derrière un écran d'apparences mis en place par ma mère. Tout cela était faux de *a* jusqu'à *z*, grossier même, mais concordait assez bien avec ce qu'un décerveleur pouvait estimer être à l'origine de mon soi-disant problème. Il goba cela comme une truite gobe une mouche.

De là, nous passâmes, à sa demande, à mes relations ac-
tuelles avec mes parents. Je lui dis qu'elles étaient aussi normales qu'elles pouvaient l'être dans les circonstances, que
ma mère, de son côté, après avoir observé à ce propos le
plus strict silence, avait fini par me prendre pour confidente
et me disait maintenant tout de sa vie avec mon père.

Le magicien ouvrit à nouveau la bouche:

«Avez-vous certains souvenirs des relations entre votre père et votre mère quand vous étiez enfant?»

Je donnai la bonne réponse, c'est-à-dire celle qui entrait
à la perfection dans le puzzle qu'il faisait dans sa tête:

«À peu près pas, dis-je. Je me suis même souvent demandé pourquoi je ne m'en souvenais pas mieux. Est-ce
que... est-ce que c'est grave? Je veux dire... est-ce que
vous croyez que je devrais être traitée?» repris-je, tout en
jouant d'un geste nerveux avec mon décolleté, histoire de
lui laisser entrevoir mes globes.

Il répondit à cela par une autre question, un mince
sourire aux lèvres, avec un air de supériorité à peine ca-
mouflé:

«Quand vous croyez être un démon, est-ce que vous
y croyez réellement?

— J'en ai des preuves, dis-je avec une assurance qui
détonnait avec le ton sur lequel j'avais parlé jusque-là.

— Quelles preuves?»

Sans un mot, je saisis le bas de ma robe et, soulevant
les fesses du fauteuil, je tirai et l'enlevai. Je regardais
Corbeil dans les yeux.

Le magicien bougea dans son fauteuil:

«Est-ce une preuve?» demanda-t-il froidement.

En réponse je dégraffai mon soutien-gorge que je
laissai tomber par terre, et puis je me levai et paradai ainsi
devant lui en tournant.

«Suis-je belle?

— Rhabillez-vous!» fit-il plutôt sèchement, mais contredisant involontairement ce qu'il venait de dire il se passa la langue sur les lèvres comme à la vue d'un plat particulièrement appétissant.

Je glissai la main dans ma culotte et, sans le quitter des yeux, je me mis à me tripoter délicatement. Sa froideur, maintenant, fondait à vue d'œil et il se trémoussait dans son fauteuil en m'examinant sur toutes mes coutures.

Je contournai lentement son bureau, m'approchai de lui, et puis le regardant de haut, d'une voix chaude:

«Suis-je belle? répétai-je.

— Très», dit-il.

Très sûr de lui quoique visiblement troublé, il tendit les mains pour me prendre les fesses, mais je fis un pas en arrière pour lui échapper.

Il me regarda, une mèche de cheveux lui tomba sur le front. Un éclair de colère passa dans ses yeux.

«Quel jeu jouez-vous?

— Vous m'avez demandé des preuves.

— Approchez-vous!» ordonna-t-il.

J'approchai:

«Je vais vous donner une autre preuve», dis-je comme il tendait les mains et la bouche, et, ouvrant moi aussi la bouche, je lui vomis Toutou sur la tête.

Tout cela était arrangé avec mon ami Tournoukriel qui s'enroula comme un fouet autour de la gorge du décerveleur. Corbeil poussait des cris inarticulés en tentant de se défaire du serpent avec ses mains, il se mit debout, chancela, et puis Toutou le mordit profondément à la lèvre. Il retomba dans son fauteuil, tandis que Toutou, aussitôt ses dents imprimées dans la chair du magicien, me sautait dans les bras en sifflant.

«Satisfait?» demandai-je.

Corbeil haletait, oppressé, les yeux sortis de la tête, et semblait vouloir disparaître dans le fond de son fauteuil. Son regard ne quittait pas Toutou.

Et puis, pour y mettre un peu plus de piquant, je baissai mon slip, portai Toutou à mon sexe, et, lentement, le serpent y pénétra en se tortillant.

Corbeil se mit à cette vue à pleurnicher et à pousser des espèces de gémissements criards, en tremblant comme une feuille, les mains agrippées aux accoudoirs du fauteuil comme à une bouée de sauvetage — quand je m'approchai et lui cinglai la figure avec ce qui me restait de Toutou à la main.

Il hurla, fit tourner son fauteuil comme une toupie et, devenu fou sur le coup, il galopa vers la fenêtre et se jeta dedans. (Naturellement, la police a conclu au suicide, et c'en était un.)

Je quittai le cabinet de feu Corbeil comme si de rien n'était, après, bien sûr, m'être rhabillée. Je m'imaginais avec délice la sale gueule que ferait son ami Rabouin en apprenant la nouvelle et, dans l'ascenseur, je riais toute seule. Ou plutôt, je gloussai à la barbe d'une vieillarde qui y avait pris place avec moi et qui, craintive, se tassait dans un coin et me jetait des regards par en dessous.

«Vous avez peur que je vous morde?» lui demandai-je en lui riant au nez pendant que la cabine plongeait vers le rez-de-chaussée.

Elle détourna peureusement sa vieille tête branlante en faisant semblant de ne pas avoir entendu et, quand l'ascenseur fut arrivé à destination, s'empressa de sortir, aussi vite que le lui permettaient ses maigres jambes cagneuses.

J'étais vengée, heureuse de l'être… mais, dès le lendemain, je réalisai à quel point c'était une vengeance médiocre. Je n'avais touché Rabouin que de biais, et encore j'ignorais s'ils avaient été vraiment amis, Corbeil et lui, s'ils l'étaient encore, et dans quelle mesure sa mort lui ferait mal.

En même temps (horreur!), je pensais la moitié du temps à cet insignifiant petit médecin, comme n'importe quelle sotte tombée amoureuse, et je n'avais qu'un désir — le revoir.

Toutou, dans les jours qui suivirent, se moqua fréquemment de moi à ce propos:

«Hi! hi! hi! Vous en pincez pour ce petit crétin! répétait-il avec cet accent de nulle part qui n'était qu'à lui, accent ni montréalais, ni même québécois en général, ni français.

— Je crois que je souffre, mon bon Toutou.

— Idiote! Triple idiote!» ricanait-il.

Je finissais par hurler, furieuse: «Assez! assez! ta gueule!» mais lui, tout bonnement, continuait à me rire au nez.

Et puis, comme ça, sans savoir d'où elle est venue, j'ai trouvé la solution. *Je vais tuer le petit crétin*, me débarrasser de lui pour de bon. Comment?

D'abord, j'ai pensé tout de go au tour du crapaud (comme pour mon ex-mari), mais Toutou, avec qui j'en ai longuement discuté, m'en a dissuadée:

«Banal, m'a-t-il dit sur un ton de souverain dédain. Vous devez lui faire déguster sa mort, qu'il goûte à fond votre vengeance.»

C'était l'évidence, mais que je n'avais pas vue dans mon empressement à me défaire de celui que Toutou, avec son esprit caustique, avait baptisé Babouin. Il s'en-

suivait, deuxième évidence, que le Babouin devait périr
sous la torture, car, c'est bien connu, il n'y a rien comme
la torture pour faire déguster sa mort à un mortel.

Une fois là, j'ai mis de côté Babouin et ma faiblesse
pour lui et je me suis plongée avec délectation dans tout
ce que j'ai pu trouver sur le sujet pour me renseigner: en-
cyclopédies, romans se déroulant sous le régime hitlérien,
rapports d'organismes internationaux sur la persistance de
la torture, etc. Je jonglais depuis quelques jours avec les
brodequins, la cangue chinoise, le fer rouge, les électro-
des, les tenailles, les clous, les ciseaux, le rasoir à main, le
knout russe, le pal de bois et de fer, la marmite à la japo-
naise (on fait bouillir l'élu dans une grande marmite à feu
doux), etc., quand, en esprit véritablement libre, je me suis
décidée à faire à ma tête et à être résolument moderne: Babouin aura une mort dernier cri — puisque c'est par là
qu'il a fauté il mourra la verge tranchée en rondelles, au
couteau électrique. Une mort lente, puisque je la lui dé-
couperai en très fines tranches, comme seul peut le faire
un couteau électrique manié par une main sûre.

Toutou a accueilli mon idée avec enthousiasme et
m'a même demandé la faveur d'être présent à la fête.

«Accordé», lui ai-je dit, et j'ai couru acheter l'instrument à la quincaillerie du coin, rue Jean-Talon. Je l'ai pris
blanc, de façon que ce cher Babouin voie clairement cha-
cune des gouttes de son sang qui aspergeront l'outil. Hé!
hé!

Et puis — cruelle déception — mon projet chéri s'est
écroulé de but en blanc comme un château de cartes. Toutou, le soir même, changeait d'idée:

«Il faut, m'a-t-il dit avec un sérieux bœuf, que Babouin vive. Raison du Royaume. Je ne serai pas toujours
parmi vous — comme disait l'autre —, et quelqu'un doit

porter témoignage sur notre passage, à moi et Glougoutte.
Ce quelqu'un sera le nommé Babouin. Il faut donc qu'il
nous voie *de visu* à l'œuvre et soit témoin d'un certain
nombre de nos bienfaits.»

J'aurais voulu crier, tempêter, mais il m'avait prise
tellement par surprise et c'était si raide que, bêtement, je
suis restée là la bouche ouverte, sans pouvoir articuler un
mot.

«En avant vers l'avenir», a conclu Toutou gravement.

Un instant plus tard (ubiquité), Toutou m'amenait sur
la Montagne, où, après l'avoir perdu de vue pendant
quelques jours, j'ai revu Babouin. Ce soir-là et le lendemain, nous nous sommes bien amusés…

20

Frissonnant d'horreur, je refermai le cahier maudit. Si j'avais eu encore quelques vagues doutes une heure auparavant à propos de la nature de la Farine et de son amie Ribote, ces derniers doutes étaient maintenant balayés: c'étaient tous deux des créatures infernales — je veux dire des démons sortis tout droit de l'enfer, aussi invraisemblable que cela puisse sembler à mes contemporains qui, tout en croyant vaguement en Dieu, quand ils y croient, ont relégué les diables au rang des sornettes. Du moins, comme j'en avais déjà eu l'intuition et comme je crois l'avoir dit, il était tout à fait clair pour moi maintenant que Toutou-la Farine-Barbin et Glougoutte étaient des démons, alors que je n'étais pas trop sûr de la nature exacte de Gisèle Ribeault-Ribote qui, par certains côtés, me semblait appartenir au genre humain. L'amour pour le moins bizarre qu'elle me portait, sa découverte dans les entrailles de la Farine du royaume des Ténèbres, sa sujétion à son effrayant compagnon, etc., en étaient autant d'indices à mes yeux.

J'avais lu la deuxième tranche du cahier en tremblant, un mouchoir à la main pour essuyer la sueur qui me coulait sur le front, et puis, quand je l'eus refermé, une peur mortelle me prit. Je n'avais jamais eu aussi peur de ma vie mais, par je ne sais trop quel miracle, j'avais encore toute ma tête. Chose certaine, je ne pouvais plus faire face seul à la situation et, le cahier noir sous le bras, je sortis dans la rue (je ne pris pas le temps de changer de vêtements même si je puais la sueur) et je hélai un taxi.

Le chauffeur était excédé par les multiples travaux qui, comme chaque année à cette période, ralentissaient la circulation et y alla d'une nomenclature de toutes les sections de rues fermées, en m'expliquant à quels détours cela forçait les automobilistes. Je n'écoutais que d'une oreille, mais après tout ce que je venais de vivre, ces propos banals étaient pour moi un réconfort.

«Le plus écœurant, clamait le bonhomme, c'est qu'ils ferment des rues pour rien. Si ça continue on va être obligés de circuler dans les égouts. Prenez la rue Saint-Matthieu: depuis hier — il n'y a même pas de travaux —, elle est fermée entre la rue Sainte-Catherine puis le boulevard Dorchester, puis pas plus tard qu'il y a trente minutes, ils ont fermé aussi entre la rue Sherbrooke et la rue Sainte-Catherine.

«Pire que ça. Je les ai vus faire, reprit-il en tournant brièvement la tête de mon côté, c'est rendu qu'ils embauchent des femmes. C'est une femme puis une espèce de grosse pâte molle toute blanche qui ont installé les barrières. Des fous! des vrais fous!

— Une femme, demandai-je distraitement.

— Oui, m'sieur: une femme puis un gars avec la peau blanche comme s'il était né dans une cave.

Cette fois, j'avais bien entendu, et j'eus un terrible resserrement de la gorge: la Farine et Ribote (ce ne pouvaient être qu'eux) en étaient à fermer des rues, en vue sans doute de quelque horrible facétie!

Et puis je paniquai: j'avais la gorge de plus en plus serrée, comme si une main invisible m'avait lentement étranglé. J'ouvris la bouche, cherchant mon souffle. Je ne pouvais plus respirer!

«Regardez-la, la rue Saint-Matthieu», laissa tomber le chauffeur avec un geste de la main, et je lui touchai faiblement l'épaule. (J'étais assis à l'arrière.)

Il se retouna:

«Qu'est-ce qu'il y a?» s'exclama-t-il, et il freina brusquement.

Je basculai en avant et allai me cogner le front contre l'appui-tête côté passager — l'air, enfin, pénétra à nouveau dans ma gorge et mes poumons en sifflant.

«Je... je... haletai-je. Je crois... suis malade. Je vais descendre ici.

— Vous voulez pas que je vous mène à un hôpital? fit-il avec une mine inquiète.

— Non... merci. Merci.»

Je descendis de la voiture et, un peu plus loin, je fis un signe de la main au chauffeur de taxi pour lui signifier que tout allait bien, car il était resté garé le long du trottoir et me suivait du regard.

Ma première idée en partant de chez moi avait été de me rendre sur-le-champ au poste de police numéro vingt-cinq, à l'angle du boulevard de Maisonneuve et de la rue Saint-Matthieu, poste de police auquel était attaché le policier Vigeant qui avait été chargé de l'enquête sur la mort de mon ami Corbeil. Car je savais tout, grâce au cahier noir, de la mort de Corbeil, et je voulais faire lire au policier ce qu'avait écrit à ce sujet Gisèle Ribeault-Ribote.

Après *l'attaque* dont j'avais été victime dans le taxi, je changeai d'idée et, comme mon cabinet était à deux pas du poste de police, je décidai d'aller voir d'abord brièvement ce qui était arrivé à mon installation.

Mon premier soin fut de vérifier quelle plaque figurait à l'entrée de l'édifice — «Dr Grégoire Rabouin, médecine générale» ou bien «Dr Barbin et Dr Babouin, médezins» (inscription, on s'en souviendra, que portait la plaque installée ce jour-là par Glougoutte).

Une troisième plaque, en fait, avait été fixée dans la pierre: «Dr Binbar», disait-elle. N'en croyant pas mes yeux, je la lus et la relus à plusieurs reprises, hésitant, perplexe, craintif, en cherchant à deviner ce que cela cachait.

Je ne savais plus que faire: je craignais de monter à mon cabinet et, en même temps, le désir de savoir ce qui se passait me retenait devant l'immeuble. Je finis par traverser la rue, d'où j'observai mes deux fenêtres. Rien ne bougeait derrière les stores vénitiens quand, finalement, à force de retourner machinalement dans ma tête le nom du nouveau locataire, je réalisai soudain qu'il s'agissait d'un anagramme de Barbin. Cela signifiait que l'atroce la Farine s'était sans doute de nouveau emparé de mon cabinet, où il se trouvait peut-être à l'instant même.

Curieusement, de savoir un peu mieux à quoi m'en tenir me donna de l'assurance et, poussé par le besoin irrésistible d'y voir clair, je retraversai la rue et pénétrai dans l'édifice. J'évitai l'ascenseur (on devient facilement prisonnier d'une cabine d'ascenseur) et montai par l'escalier, en m'arrêtant à chaque palier pour regarder autour de moi et m'assurer que personne ne venait.

Ma peur et mon anxiété croissaient avec chaque étage — j'atteignis enfin le quatrième. Je poussai lentement la lourde porte pare-feu ouvrant sur le corridor et, prudemment, je m'y engageai.

Un bruit me fit sursauter — mais ce n'était que les portes de l'ascenseur qui s'ouvraient. Une vieille femme en qui je reconnus une de mes patientes, madame Nina Vézina, sortit de la cabine et, d'une démarche difficile, se rendit à petits pas à mon cabinet et entra. Je restai pétrifié, sans avoir le réflexe de l'avertir de ce qui se passait. Enfin, j'arrivai à mon tour. En lieu et place de la bande de plastique noir qui ne portait que mon nom et mon titre: «Dr Grégoire Rabouin, médecin», s'étalait maintenant sur la porte une immense plaque dorée, sur laquelle était gravée en gothique l'inscription suivante: «Le Roi des Médezins, Dr Binbar, assisté de la Crème des assistantes».

Cela ressemblait à la réclame classique des marchands de hot dogs et de frites («le Roi de la Patate») et, révolté, rageur, j'ouvris impulsivement, et puis je stoppai net, la main sur la poignée de la porte.

La Crème des assistantes avait levé le regard de son bureau et plongé dans les miens des yeux d'une froideur à faire peur. Peut-être était-ce Gisèle Ribeault, en tout cas cette femme en avait certains traits, mais je ne pris pas le temps d'élucider la question: à ma vue, un rictus carnassier s'était formé sur ses lèvres et, frissonnant, je refermai vivement la porte. Je me dirigeai à grands pas vers l'escalier et puis ce fut plus fort que moi, je me mis à courir et je dégringolai l'escalier quatre à quatre.

J'étais hors d'haleine en atteignant le rez-de-chaussée. La peur, toutefois, continuait de me pousser en avant et je franchis le hall au galop, après quoi je bondis à l'air libre. Je fis une courte pause et j'allais de nouveau m'élancer lorsque passa près de moi un homme qui sortait de l'immeuble.

Hallucinant! Un chapeau noir sur la tête, un attaché-case de la même couleur au bout du bras, des lunettes sur

le nez, l'air, en somme, très homme d'affaires… cet homme,
sauf pour ce qui était du chapeau, était nu comme un vers,
avec tatouées sur tout le corps des séries et des séries de
chiffres noirs et bleus. Cependant, aussi sûr de lui que s'il
avait été vêtu, il poursuivit son chemin.

Était-ce possible? *était-ce possible?*… Une idée venait de me traverser l'esprit et, d'un pas nerveux, j'allai
consulter le groupe de plaques où avait figuré la mienne.
Je lus hâtivement: «Narbbi, comptable» (le véritable
comptable, qui faisait chaque année ma déclaration d'im-
pôts, s'appelait Boisvert), «Branib, dentiste» (le vrai dentiste était un nommé Mongeau)… et puis, de nouveau pris
de panique, je me remis à courir.

Comme j'arrivais à la rue Sherbrooke et que je m'ar-
rêtais haletant au feu rouge, je vis près de moi une femme
dans la cinquantaine, avec du sang tout autour de la bouche. J'eus un pressentiment et je tressaillis.

«J'ai mes nouvelles dents, clapota-t-elle d'un air tout
ensemble ravi et stupide en ouvrant sa bouche édentée et
sanguinolente. Regardez si elles sont belles!»

Elle me montrait une paire de dentiers colossaux aux
gencives peintes en rouge vif et aux dents ultrablanches,
un de ces plâtres aux proportions monumentales comme
on en voit chez certains dentistes.

21

Cette fois, c'en était trop et sans doute à cause de la fatigue nerveuse accumulée, je me mis à pleurer en pleine rue comme un enfant. Que la Farine eût pris à nouveau possession de mon cabinet, sous un deuxième nom, cela me semblait presque normal et comme une répétition attendue de ce à quoi j'avais assisté le matin même; mais qu'en plus lui et sa sorcière se fussent multipliés par deux, par trois (et peut-être même pire encore, car je n'avais pas examiné toutes les plaques de l'entrée) et eussent fait subir le même sort à au moins un comptable et à un dentiste de mes connaissances — cela dépassait complètement l'entendement et me laissait anéanti.

Ces larmes étaient pour moi néanmoins comme une bénédiction. Elles me soulageaient en partie de ma peur et de ma tension et, serrant fermement le terrible cahier dans ma main, je descendis la rue Guy jusqu'au boulevard de Maisonneuve, tournai à droite et dirigeai mes pas vers le poste de police.

Trois ouvriers venus dans une camionnette municipale verte se tenaient au milieu de la rue Saint-Matthieu et considéraient d'un air perplexe les tréteaux qui bloquaient la voie.

Je m'attardai un instant (je voulais de toute façon laisser sécher mes larmes) et puis arriva un quatrième homme, visiblement un contremaître.

«J'ai téléphoné, l'entendis-je dire aux ouvriers. Enlevez tout ça.

— Quoi c'est qui s'e' passé? demanda un ouvrier courtaud et rougeaud avec un fort accent italien.

— Personne le sait. Il y a personne qui a donné l'ordre de fermer la rue. Peut-être des farceurs. Enlevez tout.»

Un frisson me courut le long de l'échine quand le contremaître parla de farceurs (je savais, moi, qui étaient les farceurs!) et, satisfait de voir ainsi disparaître les préparatifs de je ne sais quelle sinistre bouffonnerie, je tournai les talons et pénétrai dans le poste de police, tandis que les ouvriers se mettaient mollement au travail sous le regard du contremaître.

On me reçut comme c'est l'usage à la police, d'un ton bref et désinvolte. Je demandai à voir le policier Vigeant, déclinai mon nom et mon titre («Au sujet d'une affaire de meurtre», dis-je) et c'est seulement à ce moment que l'idée me vint que le policier avait peut-être laissé sa vie dans l'égout où l'avait précipité la Farine. L'agent de service à l'accueil me regardait d'un drôle d'air et avait décroché un téléphone. Il composa un numéro de trois chiffres.

«Il est là? demandai-je avec une soudaine bouffée d'anxiété.

— Minute.»

J'étais tout près de l'appareil et j'entendais la sonnerie au bout du fil. Puis on répondit, je reconnus la voix de Vigeant (je respirai mieux), l'agent l'informa de ma visite, raccrocha, après quoi il m'indiqua où se trouvait son bureau.

«Allez-y, me dit-il avec la même expression bizarre. Il vous attend.»

J'avais supposé que le policier viendrait à ma rencontre ou, du moins, m'attendrait sur le pas de sa porte. Mais non, je dus frapper, puis, comme il n'y avait pas de réponse, frapper encore, et puis enfin quelque chose remua derrière la porte.

Après un autre long moment d'attente — comme si le policier se tenait aux aguets derrière la porte — celle-ci s'entrouvrit légèrement, retenue par une chaîne de sûreté!

«Oui? grommela un voix.

— C'est moi, le docteur Rabouin», dis-je.

Un nez et deux yeux ronds apparurent prudemment dans l'entrebâillement.

«Vous êtes seul?

— Je suis seul — oui», répondis-je étonné.

Nouveau regard méfiant par-dessus mon épaule, puis à gauche, à droite, et, finalement, un cliquetis de chaîne se fit entendre et le policier m'ouvrit.

J'entrai, et il referma aussitôt puis remit la chaîne en place.

«Qu'est-ce que vous voulez?» articula-t-il sans s'éloigner de la porte, de l'air de quelqu'un qui ne demande qu'à vous voir repartir.

La surprise me rendit momentanément aphone et je le dévisageai avec de grands yeux: amaigri, visiblement très nerveux (il tremblotait de la tête aux pieds), l'air exténué d'un grand malade qui relève d'une opération, cet homme que j'avais vu si sûr de lui à la première visite qu'il m'avait faite à mon cabinet était méconnaissable.

Je me secouai:

«Je... j'ai à vous parler de la mort de Corbeil, dis-je.

— Il n'y a plus rien à dire là-dessus! fit-il d'un ton tendu et tranchant. C'est un suicide: on a toutes les preuves.

— Me permettez-vous de m'asseoir?»

Il garda un moment le silence puis répondit, à contrecœur:

«Si vous voulez…»

Je pris place sur un mauvais fauteuil de métal aux coussins de plastique gris, mais Vigeant resta debout, près de son bureau.

«Qu'est-ce que vous avez à me dire? demanda-t-il d'un ton bref mais sans cesser de trembloter.

— Ce matin, comment avez-vous réussi à vous en sortir? demandai-je en me forçant à sourire.

— Parlez-moi pas de ce matin! coupa-t-il sauvagement et à mi-voix comme s'il craignait d'être entendu. Qu'est-ce que vous avez à me dire? Vite.

— Un instant.»

J'ouvris le cahier noir, tournai quelques pages et, le laissant ouvert à la page où commençait le récit de la mort de mon ami, je le tendis au policier:

«Lisez», dis-je.

Il parcourut les quelques pages rapidement, les sourcils froncés, se mordillant les lèvres presque sans arrêt pendant la lecture. Puis il me remit le cahier:

«Qu'est-ce que c'est cette histoire de fous? dit-il.

— Ç'a été écrit par la femme que vous savez. *Celle de ce matin*. Celle de Radio-Canada. Ce n'est pas un suicide, c'est un meurtre. Ces gens-là sont… ce sont… (J'hésitais à prononcer le mot, mais de toute façon Vigeant ne m'en laissa pas le temps.)

— Au lieu de venir m'emmerder avec des cochonneries pareilles, vous devriez faire comme moi, vous devriez prendre rendez-vous avec un psychiatre! coupa-t-il avec brusquerie.

— Ce n'est pas une affaire de psychiatre, c'est une affaire de police! m'écriai-je.

— Allez-vous-en!

— Je ne m'en irai pas! hurlai-je tremblant de rage. C'est vous qui êtes chargé de l'enquête — enquêtez!»

Il se tut un instant en me regardant dans le blanc des yeux, visiblement très agité, mais prit le temps de réfléchir à sa riposte. Ses lèvres étaient sèches, et il se passa la langue dessus à quelques reprises.

«Si vous ne partez pas, je vous mets dehors à coups de pieds, prononça-t-il enfin avec un calme apparent qui contrastait avec le tremblement de plus en plus accentué qui le secouait. Je dirai que vous m'avez fait des menaces. Je ne veux plus rien savoir de vous et du reste.»

Je compris: il avait eu si peur, il avait encore tellement peur qu'il voulait oublier tout ce qu'il avait vu et vécu, comme on jette un vieux manteau à la poubelle.

Je me levai, brusquement découragé et renonçant à chercher un appui auprès de lui.

«Ce sont des démons. Des démons — j'en ai la preuve. Vous les avez vus, vous savez comment ils sont», dis-je quand même.

Il devint encore plus livide qu'il ne l'était, fit une horrible grimace — causée sans doute par la terreur que provoquait chez lui cette révélation — et, bêtement, il mit ses mains sur ses oreilles en pressant de toutes ses forces pour ne pas entendre.

«Des démons sortis de je ne sais où, poursuivis-je avec un sombre plaisir (au moins, je me trouvais me venger de lui) en me dirigeant vers la porte. D'horribles démons. Ils ont même fermé la rue Saint-Matthieu cet après-midi… vous finirez bien par savoir pourquoi.»

Je lui souris avec une mine féroce — il avait toujours les mains sur les oreilles —, sortis, et la porte fut refermée à toute volée dans mon dos.

Je savais maintenant où aller demander du secours.

22

Les bureaux de l'archevêché étaient à dix minutes du poste de police, rue Sherbrooke, en face du Grand Séminaire de Montréal. Je m'y rendis à pied.

Quoique non-pratiquant depuis mon entrée à l'université (depuis, donc, que j'ai quitté le collège), c'est tout naturellement que je me tournais en dernier recours vers l'Église. N'était-elle pas en fait le véritable spécialiste de ces sortes de problèmes? Puisque des démons couraient les rues de Montréal comme n'importe quels particuliers, en multipliant les farces horribles et sanglantes, n'était-ce pas à elle à en être d'abord informée, vu que ce serait à elle qu'incomberait nécessairement, tôt ou tard, la tâche de les en chasser…? Et puis, je l'ai dit, j'avais besoin d'aide, n'importe quelle aide, je ne pouvais plus supporter seul le terrible poids de *savoir*.

Mais comme je le constatai en arrivant au guichet du portier, ma démarche n'était pas aisée. Que dire? et qui demander…?

Le portier, un jeune homme dans la vingtaine, au teint blême et maladif, mal fagoté (son pantalon et son veston avaient de laides couleurs blafardes et n'étaient pas assortis), et qui parlait en zézayant, me demanda d'un ton peu amène ce que je voulais.

«Je suis le docteur Grégoire Rabouin. J'ai mon cabinet tout près, sur le chemin de la Côte-des-Neiges», commençai-je, car compte tenu du prestige dont nous jouissons, nous autres médecins, je savais que c'était le sésame à utiliser et que cela m'ouvrirait plus sûrement les portes que les raisons qui m'amenaient.

J'expliquai ensuite que j'étais aux prises, pour ainsi dire, avec un grave problème théologique et qu'il me fallait absolument consulter à ce propos une autorité en la matière.

«Un théologien, ou peut-être un secrétaire de monseigneur l'Archevêque, je ne sais pas, mais il faut absolument…»

Sans me laisser le temps d'achever, sans un mot, le portier sortit de son cagibi (quelle impolitesse!) et alla accoster un homme à lunettes entre deux âges qui traversait le hall.

J'attendis près du guichet, en tendant l'oreille, mais ils parlaient à voix basse, et je n'entendais pas ce qu'ils disaient. L'homme à lunettes jeta deux fois les yeux de mon côté d'un air interrogateur et, après quelques instants, le portier se ramena. L'autre le suivit à quelques pas derrière.

«L'abbé Noyer, le zous-zecrétaire de monzeigneur, va z'occuper de vous», me dit le jeune homme en évitant mon regard et avec ce désagréable zézaiement dont j'ai parlé.

L'abbé était en civil, comme c'est maintenant la règle.

«Si vous voulez me suivre», dit-il.

❑

Quarante-deux ans, quarante-cinq au plus, froid de manières, le sous-secrétaire m'examinait d'un regard de clinicien tandis que je lui expliquais les raisons de ma visite. La plupart du temps il gardait la main sur la bouche, comme s'il préférait montrer le moins possible de sa personne, et, visiblement, il cherchait à se faire une idée sur moi.

J'avais commencé par un court préambule et avertissement — précautions oratoires que rendait nécessaires l'invraisemblance apparente de ce que j'allais dire.

«Je vous demande, monsieur l'abbé, de m'écouter attentivement. Je vous demande aussi de ne pas me prendre pour un fou, parce qu'avec ce que je vais vous dire, vous pourriez facilement avoir cette réaction-là.»

Et puis, après quelques hésitations et m'être un peu embrouillé au début, je lui fis le récit de tout ce que le lecteur sait déjà. Je lui parlai de ma rencontre avec Gisèle Ribeault à une terrasse, du voyage à Moscou qui avait suivi, etc., jusqu'à ma visite au poste de police un peu plus tôt. Le sous-secrétaire ne broncha pas, tout en me demandant à quelques reprises un certain nombre de précisions. Son impassibilité m'atterrait (cela laissait présager le pire), mais pour des raisons tactiques, je n'en laissais rien voir.

«Voilà le cahier noir, conclus-je en le lui montrant. J'aimerais que vous le lisiez. Ce qui serait encore mieux, ça serait que vous veniez avec moi à mon cabinet. C'est à dix minutes de marche. Vous pourriez les voir.

— Est-ce que les journaux ont parlé de tout ça?

— Je sais qu'ils ont parlé de la mort de Corbeil. Dans celui que j'ai lu, le journaliste signalait que Corbeil avait comme une morsure de serpent à la lèvre. Ce qu'a noté la police — et que rapporte le journal — concorde avec son récit à elle», ajoutais-je en lui montrant de nouveau le sinistre cahier.

L'abbé Noyer garda un moment le silence. Il regardait à côté de moi, et puis ses yeux revinrent se poser sur les miens quand je repris la parole:

«Je sais, dis-je, que tout ça peut paraître absolument incroyable: il me semble même, d'après ce que je me rappelle, que c'est en contradiction avec la doctrine de l'Église, comme quoi les démons ne peuvent agir que sur les esprits. Cependant...

— Je ne vous crois pas, coupa l'abbé. («Voilà! Ça y est», pensai-je.)

— Je ne vous demande pas de me croire sur parole. Je vous demande de venir les voir avec moi. Vous vous ferez une idée par vous-même.»

Il bougea dans son fauteuil tournant:

«C'est une question délicate, même très délicate, dit-il. Ma conviction personnelle — c'est une conviction, je ne dis pas que c'est la vérité — ma conviction est que les démons n'existent pas», acheva-t-il tandis qu'une ombre de sourire se dessinait sur ses lèvres.

Je me cramponnai à mon meilleur argument:

«Venez les voir, répétai-je. C'est tout ce que je vous demande.

— Ma conviction est que ce que la Bible appelle les *esprits mauvais* sont littéralement des esprits mauvais. Comme on dit de quelqu'un qu'il a mauvais esprit. En ce sens, *esprits mauvais* veut dire mauvaises habitudes, autrement dit ce qu'on pourrait appeler de mauvais plis, du point de vue moral. Pour moi, l'origine du mal est là, les prétendus démons n'ont rien à y voir.

— Qu'est-ce que vous faites de tout ce que je vous ai raconté? demandai-je. (La moutarde commençait à me monter au nez.)

— Je ne sais pas.»

Après une pause, il ajouta, avec un regard significatif:

«Il s'agit peut-être d'un quelconque délire paranoïaque. C'est pénible à dire, mais je tiens à vous le dire.

— Êtes-vous psychiatre?

— Je me suis beaucoup intéressé à la psychanalyse.

— Lisez!» dis-je, et je jetai le cahier noir sur le bureau devant lui. Il me regarda d'un air perplexe et vaguement craintif — comme un médecin regarde un fou pour juger du danger qu'il représente —, prit le cahier sans un mot et, après m'avoir décoché un dernier coup d'œil, se mit à lire. Il ne fit pas que le parcourir, il le lut en entier et, pendant les trois quarts d'heure suivants, on n'entendit que le froissement des pages qu'il tournait.

«Vous êtes médecin, mais vous auriez fait aussi un très bon romancier, dit-il finalement en me le remettant avec un mince sourire. Un Tchekhov moderne. Vous avez beaucoup d'imagination.

— Pourquoi pensez-vous que je serais venu vous dire tout ce que je vous ai dit si je l'avais inventé? demandai-je.

— Ce n'est pas moi qui puis vous le dire. Vous allez devoir m'excuser, monsieur Rabouin, poursuivit le sous-secrétaire en se levant. Tout ce que je peux faire pour vous, c'est de vous conseiller d'aller voir un psychiatre, comme je vous l'ai déjà dit. Je peux même vous recommander à un de mes amis. Je vous ai consacré tout le temps que je pouvais.

— J'ai besoin d'aide! lançai-je d'un ton désespéré et en y mettant toute la force de persuasion que je pouvais. Vous avez déjà eu besoin d'aide dans votre vie? vous savez ce que c'est qu'être seul? Il faut que vous m'aidiez! il le faut! Tout ça vous semble impossible, inimaginable, mais l'inimaginable est toujours possible, je l'ai appris à mes dépens. Je vous en supplie! venez à mon cabinet, venez les voir.

— Je n'ai pas le temps, dit-il d'un ton sans réplique et en m'écrasant de son regard le plus froid. De toute façon, j'en sais assez.»

Je me résignai à me lever: je ne savais plus que dire ni que faire.

«Je regrette de ne pas pouvoir vous être plus utile, dit-il hypocritement en faisant quelques pas vers sa porte.

— Vous êtes un imbécile raisonneur, dis-je dans un accès de froide colère. Il se peut que mes deux connaissances, Tournoukriel et Ribote, peut-être aussi leur ami Glougoutte, me remettent le grappin dessus. Si c'est le cas et si ça m'est possible, je ferai tout pour vous les amener. J'aimerais vous voir entre leurs griffes, ajoutai-je. Je rirais.

— D'accord. Nous causerons», dit l'abbé Noyer avec un grand sourire à la fois dédaigneux et pénétré d'une sotte supériorité, et il m'ouvrait la porte.

Il me chassait.

«Crétin! T'es un crétin!» éructai-je avant de sortir.

23

J'aurais peut-être pu, en insistant ou par ruse, obtenir accès auprès de l'archevêque, mais le scepticisme de son sous-secrétaire m'avait tellement découragé (un prêtre qui ne croyait pas à l'existence des démons, cela me semblait le comble) que j'en rejetai l'idée dès qu'elle m'eut effleuré. Peut-être, pensai-je injustement, emporté par ma colère contre le prêtre, peut-être vais-je tomber sur un évêque qui, lui, ne croit même pas en Dieu et administre son diocèse comme on administre une fabrique de conserves?

Jusqu'ici, me disais-je en dernier recours pour me donner du courage, j'ai été seul dans cette effroyable aventure — j'y suis entré seul, par je ne sais quel terrible maléfice, je m'en sortirai seul. Facile à dire… mais j'aurais tout donné pour avoir quelqu'un avec qui partager la connaissance des horreurs dont j'étais au fait!

Où aller? que faire maintenant?… Ces questions, si simples en apparence, étaient maintenant pour moi tout à fait insolubles. J'étais dépossédé de mon cabinet, donc momentanément sans travail, et retourner chez moi me faisait une peur bleue — j'aurais trop craint de tomber sur l'un ou l'autre des trois monstres que l'on sait.

Perdu dans ces sombres pensées, je descendais la rue Saint-Marc en direction de la rue Sainte-Catherine quand je faillis heurter une inconnue sortant d'une cabine téléphonique. Elle me jeta un regard furieux et passa son chemin.

Elle marchait vite, sans doute pressée de rentrer chez elle sa journée de travail terminée, puis à mon tour je m'engouffrai dans la cabine téléphonique, avec l'idée que Claudette était peut-être de retour chez elle.

Je composai son numéro d'une main fébrile et je laissai sonner une vingtaine de coups. J'allais raccrocher la mort dans l'âme, quand enfin on répondit.

«Allô?»

C'était elle!

«Claudette, c'est moi, Grégoire Rabouin, le docteur, dis-je d'une voix chargée d'émotion. Il faut absolument que je vous voie! Est-ce que je peux passer maintenant?»

Il y eut un silence au bout du fil.

«Claudette? Claudette, êtes-vous là? repris-je anxieusement. Claudette…?

— Ne venez pas avec vos amis, dit-elle sèchement. Ça serait inutile. Je serai partie quand vous serez arrivés.

— Quels amis? (J'étais abasourdi.)

— Ceux de ce matin, dit-elle, et je perçus un tremblement dans sa voix.

— Ce ne sont pas mes amis! plaidai-je. Claudette, écoutez, je… ce ne sont pas mes amis. Ces gens-là m'ont forcé à aller avec eux, je n'y pouvais rien, ils m'ont privé de volonté. Je…

— Qu'est-ce qui vous arrive, docteur? Qu'est-ce qui vous arrive?» demanda-t-elle d'une voix soudain brisée.

Quoique déjà fort bouleversé moi-même, son émotion me gagna et je fus pour ainsi dire submergé — les mots faisaient une boule dans ma gorge quand je voulus répondre.

Enfin, me forçant pour reprendre mon calme, je réussis à lui dire qu'il m'était impossible de lui donner de plus amples explications au téléphone mais que je tenais absolument à la voir à ce sujet.

«Pourquoi impossible? vous n'êtes pas seul? demanda-t-elle avec un reste de méfiance.

— Je suis seul. Tout à fait seul, l'assurai-je. J'ai réussi à me débarrasser d'eux.

— Venez. Mais sans eux. Je vous en supplie!

— Promis», dis-je, et je raccrochai. Du coup, le monstrueux fardeau qui pesait sur moi me sembla diminuer de moitié.

Mon assistante habitait un minuscule appartement d'une pièce et demie dans un immeuble relativement neuf, sur je ne sais plus trop quelle avenue de Rosemont, et je m'y rendis aussitôt en taxi.

Je poussai un profond soupir de soulagement en mettant les pieds chez elle. Derrière cette porte, j'avais l'impression d'être à l'abri (mais je savais que c'était pure illusion) et surtout je n'étais plus seul, il y avait maintenant une véritable présence humaine à mes côtés. Pâle, avec des plaques rouges sur la figure, Claudette n'était pas très belle à voir.

«Comment allez-vous? demandai-je.

— Docteur! oh! docteur», sanglota-t-elle, et elle me tomba dans les bras.

Je la serrai un long moment, très ému moi aussi, puis, un brin confuse, elle se dégagea, essuya ses larmes avec son poing et me fit passer à la cuisinette.

«J'ai fait du café», dit-elle, et je bénis intérieurement ce merveilleux sens pratique des femmes, inébranlable comme le cap Diamant quelles que soient les circonstances.

Bien que la pièce fût microscopique, nous nous installâmes de part et d'autre de l'abattant qui lui servait de table. Inquiète, très agitée, elle me bombarda aussitôt de questions. Ce qui lui était arrivé le matin même l'avait profondément perturbée et, n'y comprenant rien, elle se débattait comme une noyée pour tenter d'y voir clair.

Mes premières réponses ne faisant qu'embrouiller les choses un peu plus, craignant de perdre la tête à mon tour, je m'employai à la rassurer, sans rien lui dire de plus:

«Tout va bien, ne vous inquiétez pas, ce n'est pas la fin du monde, que je répétais. Vous êtes vivante, je suis vivant.»

Elle finit par se calmer un tantinet et je la questionnai sur ce qu'avait été sa journée après sa fuite de mon cabinet, à l'arrivée de ceux que j'appelais, pour la circonstance, «ces gens».

En proie à une peur pour ainsi dire surnaturelle, elle avait couru rue Sherbrooke jusqu'au magasin Holt Renfrew où, à bout de souffle, elle s'était réfugiée. À moitié folle, ne sachant plus où donner de la tête, elle s'était enfin décidée à appeler la police depuis le magasin.

«J'ai dit qui j'étais, j'ai porté plainte, j'ai dit que des inconnus m'avaient chassée de votre cabinet et qu'ils l'occupaient.»

Claudette était loin d'être bête et la prudence lui avait dicté de ne pas parler de ma présence au milieu de ces inconnus, et encore moins de leur comportement pour le moins insolite. Mais elle avait donné mon nom et mon adresse, naturellement, à la suite de quoi, après toute une série de commutations et de longues minutes d'une attente intolérable, elle s'était retrouvée en ligne avec le poste de police numéro vingt-cinq et Vigeant au bout du fil. Ayant écouté son histoire, celui-ci était devenu féroce et l'avait traitée de détraquée mentale avant de lui raccrocher au nez.

Par la suite, elle était allée chez sa sœur Huguette, à Chomedey. Sa sœur avait d'abord eu très peur elle aussi, elles avaient échafaudé des plans, puis voyant qu'Huguette changeait d'avis et commençait à douter de ses facultés mentales, elle avait trouvé le courage de regagner son appartement.

«Je venais d'arriver quand vous avez téléphoné.

— Bien. À mon tour», dis-je.

Et prudemment, avec mille et une circonvolutions pour ne pas trop l'effrayer, j'entrepris de tout lui conter à partir du moment où la Farine et sa démoniaque compagne l'avaient chassée de mon cabinet.

Elle m'interrompit d'abord fréquemment, très nerveuse, mais je lui demandai gentiment de me laisser poursuivre et elle se maîtrisa. Mon récit, toutefois, ne lui fit pas moins une très vive impression et elle ne cessa de s'agiter sur sa chaise, portant les mains à sa figure, les ramenant sur la table, serrant les poings.

L'attention qu'elle donna à mes propos, l'émotion qu'ils lui causèrent, tout cela fut pour moi comme un baume. Enfin, quelqu'un m'écoutait avec sympathie! Mais je ne voulais pas trop lui en demander et je passai sous silence tous les événements qui avaient précédé la prise de mon cabinet par la Farine. De même, je ne lui dis rien sur la nature de ce dernier, même si je savais que c'était seulement cela qui m'aurait soulagé pour de vrai.

«Voilà», dis-je en terminant.

Là-dessus, une idée sembla la frapper et ses yeux devinrent exorbités:

«La semaine dernière…

— Oui?

— Votre absence mercredi de la semaine dernière, c'était eux? fit-elle d'un ton tendu.

— D'une… certaine manière, répondis-je passablement mal à l'aise de la voir aborder le pan que je lui avais caché et en même temps très étonné de son intuition.

— Eux?

— Eux?…

— Qui sont-ils?»

Elle me fixait avec une attention quasi insoutenable, ses yeux ronds plantés dans les miens et brillants d'émotion. Je détournai le regard, la gorge plus serrée que jamais.

«Comment dire?

— Vous le savez?

— Euh…»

J'étais cruellement embarrassé: mon fardeau était lourd, et je savais que si je parlais elle me croirait, contrairement à Noyer. En même temps, il me semblait ne pas avoir le droit de lui imposer pareil poids.

«Écoutez, Claudette, je ne pense pas…

— Des démons!» souffla-t-elle prise soudain d'un trouble violent, et ce disant elle porta une main à sa figure tandis que de l'autre elle agrippait fortement la mienne. Je restais court, stupéfié qu'elle eût deviné.

Sur ces entrefaites, la sonnerie de l'entrée retentit.

24

Nous restâmes figés, et finalement le timbre cessa. Et puis il reprit…

«Je vais aller répondre, dis-je en faisant un mouvement pour me lever, mais elle me retint, sa main toujours agrippée à la mienne.

— C'est à ma porte! Pas à la porte de l'immeuble», chuchota-t-elle avec une mine angoissée.

La sonnerie était au-dessus de nos têtes et elle retentit une troisième fois. Je parlai à voix basse:

«Ce n'est pas *eux*. Ils (j'hésitai)… ils n'ont pas besoin de sonner aux portes.

— C'est vrai?»

Je fis signe que oui. Elle avala sa salive, parut comprendre ce que j'entendais par là, puis elle laissa ma main et se leva.

«Je vais aller voir», prononça-t-elle à voix un peu plus haute comme pour se donner du courage.

Je me levai moi aussi et, à sa suite, je quittai la cuisinette et passai dans la pièce principale.

Elle entrouvrit prudemment, en laissant la chaîne en place, puis elle avança le bout du nez dans l'entrebâillement:

«Oui?»

Elle reprit, rassurée:

«Ah! c'est toi.

— Je voulais te demander deux œufs, fit une voix de femme. J'espère que je te dérange pas.

— C'est Virginie, une de mes voisines, fit Claudette en tournant la tête de mon côté. Elle veut des œufs.»

Elle retira la chaîne et ouvrit:

«Entre. Je te présente mon patron, le docteur Grégoire Rabouin. C'est Virginie.»

La vue de la prétendue voisine me coupa les jambes.

Cette Virginie n'était nulle autre que la jeune fille que j'avais vue la veille saluer Gisèle sur le mont Royal!

Blonde et les cheveux bouclés, dans la vingtaine, très jolie avec son petit visage rond, elle me fixait de ses yeux luisants d'une malice cruelle, tandis que Claudette se dirigeait vers la cuisinette comme si de rien n'était.

J'étais comme hypnotisé et je ne bougeais pas, mais mon bras s'allongea comme un ressort au retour de Claudette et je la retins. Les deux œufs tombèrent par terre.

«Hon! s'exclama Claudette en baissant les yeux sur le gâchis.

— Mauvais présage, monsieur Babouin. Elle a cassé ses œufs», dit la nommée Virginie.

Claudette leva les yeux et nous considéra tour à tour d'un air ahuri.

«Qu'est-ce qui se passe?» demanda-t-elle.

Ce qui se passa n'est pas drôle à raconter.

D'abord, l'amie de Gisèle déboutonna son jean et zip! elle ouvrit sa fermeture éclair, puis baissa ensemble son pantalon et son slip. J'étais déjà inondé de sueur et près de perdre la tête mais je ne pus m'empêcher d'admirer malgré tout la perfection de ses formes.

«Qu'est-ce qui te prend? s'écria Claudette en rougis-
sant jusqu'aux oreilles. (J'imagine qu'elle pensa que l'autre allait nous proposer quelque partie à trois.) Grégoire,
qu'est-ce que…

— Le petit oiseau va sortir», coupa Virginie avec un
mince sourire qui ne présageait rien de bon.

Ce fut seulement à ce moment-là que je retrouvai
quelque chose qui pouvait ressembler à des réflexes. Sentant le danger mortel qui nous guettait, je voulus tirer
Claudette dans la cuisinette mais trop tard.

Une chose verdâtre, comme une gigantesque saucisse
moisie, sortait avec souplesse du sexe de Virginie et se tor-
tillait dans sa main. J'avais beau savoir grâce au cahier noir
qu'il s'agissait vraisemblablement de Glougoutte sous sa
forme de reptile, je restais tout comme Claudette cloué sur
place: fasciné et en même temps chaviré de peur et de dégoût.

«Z'aimez mon petit oiseau?» siffla Virginie en bran-
dissant son locataire.

Du coin de l'œil, je vis la bouche de Claudette s'ouvrir
démesurément et je serrai les dents, sachant qu'elle allait
pousser un cri à crever les tympans, mais il n'en fut rien.

J'eus un trou de conscience… et c'est alors que j'allais me noyer que je repris mes esprits.

J'étais encore une fois — pour employer son vocabu-
laire cauteleux — bénéficiaire d'un *bienfait*, le plus terrible, de la Farine.

Toujours est-il que c'est en avalant un liquide brûlant
à pleins poumons et en me débattant comme un forcené
que je revins à moi. *Moi* est un bien grand mot: *étais-je
mort?*… J'étais, comment dire? j'étais moi, tout en ayant
l'impression d'être devenu un autre. Atrocement petit

comme on peut l'être seulement dans les plus affreux cauchemars, je n'avais plus forme humaine!

La scène, telle que j'ai pu la reconstituer par la suite à l'aide de ce que je savais de mes tortionnaires, avait été la suivante.

Se trouvant dans un bar de la rue Crescent avec Ribote, la Farine, sans doute pour amuser sa sorcière, avait décidé d'exécuter quelques opérations de magie de son cru.

À son appel étaient apparus en premier lieu un homme et une femme, c'est-à-dire Claudette et moi que lui avait expédiés Glougoutte par ubiquité. Cela, déjà, avait dû susciter un émoi considérable dans le bar, mais je suppose que ce n'était rien à côté du succès qu'il dut obtenir quand il nous transforma tous deux l'instant d'après en crapauds!

Et puis, pour corser son numéro, il nous jeta, moi dans son verre de whisky soda, et Claudette dans le verre de Ribote, un bloody Mary.

C'est à ce point précis que j'émergeai du trou de conscience où m'avait plongé mon transport par ubiquité. Le whisky me brûlait les poumons, j'allais me noyer et, désespérément, je tentais de me hisser hors du verre de la Farine, mais mes palmes patinaient sur cette surface lisse. Dans le verre à côté, Claudette, elle, se noyait dans la vodka.

J'ignore comment un cœur de crapaud peut résister à l'effort que cela imposa au mien: il battait follement, et à coups si puissants que j'en avais mal à la poitrine.

La Farine, cependant, ne voulait pas notre mort. Juste comme nous allions à bout de forces couler au fond des verres, il les vida sur la table et, comme deux chiens de cirque, nous nous retrouvâmes Claudette et moi face à toute la clientèle du bar serrée à étouffer autour de la table.

Une salve d'applaudissements éclata, un gros blond assena une claque sur l'épaule de la Farine.

«*Terrific! terrific!*» rugissait-il en riant.

Des jeunes femmes riaient comme des folles, des gens pour qui de pareils tours de passe-passe dépassaient l'entendement étaient saisis de frayeur.

«Et voilà! Adam et Ève!» fit la Farine en nous prenant tous deux dans le creux de sa main et en nous montrant (nouvelle salve d'applaudissements, frénétique cette fois), après quoi il nous posa par terre où notre forme humaine nous fut redonnée instantanément.

Il se leva, le sourire aux lèvres, attendant que les applaudissements et les cris se fussent calmés.

«À vos souhaits, mortels!» lança-t-il alors, et du coup tout ce qu'il y avait de vivant dans le bar fut transformé en crapauds, hormis lui-même, Ribote, Claudette et moi.

Il y eut un silence haletant: tous les yeux des malheureuses petites bêtes fixaient la Farine avec une stupéfaction sans borne, et puis comme à un signal elles se mirent à coasser de façon éperdue et à sautiller et s'égaillèrent qui dans la rue, qui dans un coin du bar.

«C'était mon dernier bienfait», me dit le personnage à la tête de melon avec une inclinaison de tête et un coup de son chapeau violet.

Sa sorcière s'était levée à son tour et me gratifia d'un sourire à faire dresser les cheveux sur la tête. Puis elle susurra:

«Maintenant, cher petit Grégoire, vous êtes à moi.»

Elle allait assouvir sa vengeance! J'aurais voulu hurler, me rouler par terre de terreur, mais toute espèce de volonté m'avait été retirée.

«J'en suis enchanté», dis-je avec le sourire.

Et, de nouveau, j'eus un trou de conscience.

25

Je fus catapulté cette fois dans le grand lit de Gisèle Ribeault, où nous nous retrouvâmes l'instant d'après, elle et moi, nus comme des vers:

La pudeur m'oblige à taire ce qui s'y passa, mais je puis dire à ma décharge que j'étais littéralement ensorcelé, et donc, je le répète, privé de toute volonté. *La volonté agissante, c'était la sienne, pas la mienne.*

Je sombrai ensuite dans un sommeil de plomb, sans rêves, et ne m'éveillai que plusieurs heures plus tard, dans la nuit. Une lampe éclairait faiblement la chambre et la sorcière de la Farine était assise toute nue sur le lit, les jambes repliées et enserrées dans ses bras, me couvant du regard *amoureusement*.

Je me sentais lourd, bizarre, mais j'étais encore à moitié endormi et je me levai sans prendre vraiment garde à cette sensation d'étrangeté.

«J'ai envie, grommelai-je.

— Deuxième porte à gauche.»

Je gagnai les toilettes dans le noir d'un pas mal assuré, allumai, et je vis!

«Je rêve!» pensai-je.

Mon pénis s'était relevé en se tordant d'un coup sec dans ma main, puis je crus le voir me faire un clin d'œil.

«Madame Ribote vous a plu? me demanda-t-il en se balançant à droite et à gauche. C'est une femme qui vous est toute dévouée, et qui nous veut de même tout dévoués, vous et moi.»

Je chancelai, persuadé que j'avais perdu la raison, ma vue se brouilla et je tombai assis sur le bord de la baignoire.

«N'est-ce pas, cher Babouin? disait mon organe. Allô…?»

Le souffle coupé, je portai de nouveau mon regard sur lui, et je vis alors dans ses moindres détails ce que mes yeux et ma raison s'étaient jusque-là refusés à croire: il n'était plus rose, mais vert, c'était en fait la Farine-serpent que j'avais entre les jambes! Mon gland, tout mon pénis avaient disparu, et j'avais hérité en contrepartie de la tête et d'une bonne mesure du corps du serpent.

«Allez, pissez — je suis aussi là pour cela — et retournez la rejoindre. Elle vous attend, la mignonne, reprit-il d'un ton tout en sous-entendus.

— Salaud, je vais te tordre le cou!» hurlai-je.

Fou furieux, ne sachant plus ce que je faisais, je l'agrippai par la tête et je la lui tordis sans ménagement comme je l'en avais menacé. Un cri de douleur atroce m'échappa.

«Holà, sot, marmonnait-il. Qu'est-ce qui t'a pris?»

Il sembla se remettre au bout d'un moment, puis, avec aussi peu de ménagement que j'en avais eu à son endroit, il me mordit férocement à la face interne de la cuisse.

Je poussai un cri et la douleur me fit venir les larmes aux yeux.

«Cochon! bête féroce! l'invectivai-je d'une voix tremblante, mais sans bien sûr oser le toucher.

— Ça t'apprendra, imbécile! Debout, pisse et au lit. Sinon, gare!

— Tu viens, mon petit Grégoire?» appela comme en écho Gisèle Ribeault de la chambre.

J'obtempérai aux ordres de *mon* organe, mais, honteux de lui, je nouai une serviette autour de mes reins avant de regagner la chambre.

«Éteins, dis-je en entrant.

— Il a honte de moi, ricana ma chose en gigotant sous la serviette.

— J'avais hâte que tu reviennes, mon beau minou», dit Gisèle Ribeault, et elle éteignit.

La diablesse!

Ainsi que je fus à même de le constater grâce à elle, ce qui me tenait maintenant lieu de pénis avait un comportement à peu près normal sauf… sauf qu'il prenait de nombreuses initiatives (sur lesquelles on me permettra de ne pas m'étendre) et qu'il me mena, hélas! à la baguette à compter de ce jour.

Doué d'une vie propre, il semblait percevoir même à distance les moindres désirs de cette femme et, que je le veuille ou pas, il me fallait obéir.

«Elle s'ennuie de nous, la petiote, m'annonçait-il aux moments les plus imprévus d'un ton de fausse affliction. Elle nous attend. Allez, Babouin.»

La situation était loufoque, abracadabrante et à la fois terrible, car cela pouvait se produire n'importe où, n'importe quand: le jour ou la nuit, au restaurant, dans la rue, chez moi, et même, cela est arrivé, au moment où je voyais un patient. (Je précise ici que par souci de mon équilibre mental, et malgré l'infirmité extraordinaire qui me frappait, j'avais repris l'exercice de ma profession dès le lendemain de ce que j'ai raconté plus haut. D'abord sans assistante, puisque Claudette, comme je l'appris par sa sœur Huguette, avait quitté Montréal pour s'installer en Californie, après quoi je lui trouvai une remplaçante en la personne d'une infirmière âgée que rebutaient les conditions de travail dans les hôpitaux.)

«Tais-toi, monstre! Qu'elle attende, m'arrivait-il donc de dire à *mon* organe dans les débuts quand retentissaient ses appels.

— Tout de suite, j'ai dit!»

Voulais-je me rebiffer, remettre ne serait-ce que de cinq minutes mon départ pour le lit de Gisèle Ribeault, j'avais droit à une cruelle morsure.

Une fois, peu après ma sinistre transformation, je tentai de lui tenir tête pour de bon. C'était l'après-midi et j'avais devant moi une patiente dans la cinquantaine, madame Julienne Brosseau, à qui la ménopause causait de terribles maux de ventre.

Il venait de me mordre et je m'étais excusé auprès de ma patiente du cri que j'avais poussé en prétextant une crampe.

«Continuez, je vous en prie», ajoutai-je passablement mal à l'aise et en lui grimaçant un sourire.

Troublée par mon comportement, la dame s'embrouilla dans le long récit de ses maux, puis, peu à peu, elle reprit son calme et finit par retrouver le fil.

Mon pénis, lui, semblait s'être assagi et, criant déjà victoire intérieurement, je me levai machinalement pour faire les cent pas comme cela m'arrive parfois.

«Je vous écoute, dis-je en guise d'encouragement. Vous disiez donc…»

Elle ne disait plus rien, ses traits s'étaient contractés en une affreuse grimace et un cri aigu lui échappa.

Elle me fixait l'entrecuisse et, interloqué, j'abaissai les yeux. Sans que je me sois aperçu de rien, il avait ouvert ma fermeture éclair avec ses crocs et, hilare, sans un mot, il balançait sa tête verte sous le nez de la quinquagénaire.

Bien sûr, c'était une patiente perdue, et je ne la revis plus. Je n'ose imaginer ce qu'elle raconta à mon sujet.

Cette mésaventure m'amena à baisser pavillon devant *mon* pénis et, résigné, je devins son esclave et à la fois l'esclave de Gisèle Ribeault.

26

Était-ce là le moyen qu'avait trouvé Gisèle Ribeault de se venger de l'amour qu'elle éprouvait pour moi, toute diablesse qu'elle était?

La vengeance, si tel était bien le cas, était à la lettre diabolique. Après avoir remué ciel et terre pour leur échapper, mon sort se trouvait indissolublement lié, de la manière qu'on sait, à celui de ces démons.

Je n'y pouvais rien et je m'y étais résigné, je l'ai dit, mais non sans avoir cru, surtout dans les premiers temps, que la folie me guettait.

Mon désarroi tenait principalement à mon incapacité totale de changer quoi que ce soit à la situation. Tordre le cou à la Farine comme j'avais déjà essayé? le lui couper? lui brûler sa sale gueule? Tout cela était hors de question. Le monstre, par quelque infernale transmutation, s'était incorporé à moi.

Puis, aussi inconcevable que cela puisse sembler, je m'accommodai de la situation. La chose, il faut dire, me fut facilitée par *mon* organe lui-même. Après l'avoir supplié de me quitter et de me rendre mon véritable pénis, je résolus, voyant l'inanité de mes efforts, de ne plus lui adresser la parole et, curieusement, il finit par adopter la même attitude.

Néanmoins, il continuait à me poser chaque matin à mon lever la même question: «Comment me trouve-t-on ce matin, monsieur le Babouin?» mais je m'habituai aussi à ce rituel, et, silencieux, je m'empressais d'enfiler un caleçon.

En dehors de cela, il n'ouvrait plus la bouche que pour me donner ses ordres au sujet de Gisèle Ribeault.

Enfin, et c'est sans doute ce qui me sauva de la folie, j'étais libre. En ce sens que hormis les diktats de mon étrange compagnon et mes relations avec sa sorcière, je menais ma vie comme je l'entendais, en toute liberté.

Gisèle Ribeault?… Ce serait mentir que de prétendre que je ne prenais pas un certain plaisir à sa compagnie. Elle se laissait vivre et, comme une chatte gavée de patée, elle trouvait le moyen d'encore embellir. Jamais, toutefois, il n'était question entre nous de l'infirmité dont j'étais affligé (elle ne s'en formalisait pas une miette, d'ailleurs) ni des aventures ni des tourments que j'avais traversés.

Puis arriva, comme je le compris trop tard, ce qui devait arriver. Vivant déjà à mes crochets, elle proposa que nous nous mariions! «La diablesse veut se faire bourgeoise», pensai-je avec un sursaut d'horreur.

«C'est de la folie», protestai-je, tentant de puiser dans l'unique atome de volonté qu'il me restait en sa présence.

Elle souleva ses rondeurs roses et blanches du matelas et prit appui sur le coude.

«Tu crois, mon minou?» demanda-t-elle indolemment.

Elle professait, elle, une opinion tout à fait contraire, et je dus passer par là.

Je suis médecin, passablement fortuné, et j'eus droit sur son insistance à un mariage en grande pompe, à la ca-

thédrale Marie-Reine-du-Monde, boulevard Dorchester.
J'ajoute enfin que ce fut un sous-secrétaire de l'archevêché, l'abbé Norbert Noyer, qui consacra notre union, encore là à la *demande* de Gisèle Ribeault.

Ma mère à qui j'avais confié l'organisation de la cérémonie et de la noce était aux anges, les invités nombreux, la mariée resplendissante. Quant à moi, même si je
tentais de faire bonne figure pour sauver les apparences,
j'étais atterré.

La suite est sans surprise et ressemble à ce qu'est la
vie de la plupart de mes confrères. J'achetai une grande
maison à Outremont, et puis Gisèle Ribeault me donna
quatre enfants, deux garçons et deux filles.

Et la Farine? demandera le lecteur.

Je serais bien incapable d'expliquer ce qui lui arriva,
mais toujours est-il qu'avec le mariage mon inséparable
compagnon perdit peu à peu sa couleur verte, puis ses
crocs, et qu'il se changea finalement en un organe, ma foi,
fort normal.

Bien des années plus tard (les enfants étaient tous nés
à l'époque), et alors que nous n'en avions jamais touché
un mot en tant d'années, je tentai à une occasion qui me
sembla propice de reparler de ce temps avec Gisèle Ribeault. C'était au cours d'un voyage en France, au restaurant, après un repas copieux où nous avions un peu bu.

«Tu te souviens de ce que j'avais entre les jambes…
le serpent… de tout ce qui s'était passé avant», dis-je
après un long préambule et sans pouvoir m'empêcher de
trembler malgré mon ivresse.

À juger par l'air de surprise et de perplexité qui se
peignit sur ses traits, c'était une comédienne hors pair, ou
alors, la malheureuse, elle avait tout oublié! Semblant très

inquiète, elle regarda autour pour s'assurer si on écoutait, après quoi elle se mit à m'admonester à mi-voix:

«Grégoire! es-tu devenu fou? On va t'entendre!» Etc.

Comme je suis heureux en ménage, je ne renouvelai plus l'expérience, de peur de compromettre notre union, et je murai tous mes souvenirs entre les quatre pans de ma cervelle. Depuis, cependant, ce n'est jamais sans une certaine crainte que je jette un coup d'œil à la dérobée sur le sexe de mes fils et que j'écoute mes filles, au déjeuner, nous faire le récit de leurs rêves de la nuit.

Personnellement, enfin, je n'ai plus jamais dormi tranquille depuis mes aventures. Chaque nuit, je m'éveille en sursaut, parfois jusqu'à trois fois dans une même nuit, et je suis immanquablement attiré par la fenêtre où je scrute l'obscurité avec inquiétude. Car j'ai la conviction que ce que j'ai vu et vécu n'était que le prélude d'événements plus graves, encore à venir.

ÉPILOGUE

Il me reste à raconter brièvement ce qui m'a incité à écrire ce récit.

Quelques années après mon mariage, je reçus de Californie par la poste un roman russe, *Le maître et Marguerite* de Mikhaïl Boulgakov. Une courte note rédigée à la machine, non signée, m'exhortait fortement à le lire. Je lis rarement des romans (je préfère les récits de faits vécus) mais je fis une exception pour celui-ci car j'étais persuadé qu'il m'avait été envoyé par Claudette, mon ex-assistante. Après une vingtaine de pages, je tremblais comme une feuille. Boulgakov y décrit avec force détails le passage de démons et leurs frasques — terrifiantes — dans le Moscou des années trente. Roman? ou plutôt scènes vécues déguisées? L'auteur est mort et on ne le saura jamais. J'imagine pour ma part que Boulgakov a été véritablement témoin de *quelque chose*, comme je l'ai moi-même été ici à Montréal dans les années quatre-vingt.

Enfin, ma mère (elle est toujours vivante) fut opérée l'hiver dernier de pierres rénales. Le dimanche qui suivit l'opération, je lui rendis visite à sa chambre d'hôpital. Elle était blême et défaite, mais trouvait la force de maugréer.

«Ils chauffent trop, grognait-elle de sa voix de vieillarde. Touche aux radiateurs, tu vas voir: ils sont brûlants. J'en ai parlé au médecin, j'en ai parlé aux infirmières...

— Tous les hôpitaux sont surchauffés, dis-je, et là-dessus je vis passer dans le corridor, sur une chaise roulante, un homme sans tête. Qu'est-ce que c'est? demandai-je étonné à maman.

— Un nommé Brazeault. Un monstre. Pour les radiateurs, est-ce que tu crois que tu pourrais...»

Je n'écoutais plus et, sur-le-champ, je me jurai de raconter ce que le lecteur m'a fait l'honneur de lire. C'est chose faite, et je viens de mettre au feu le cahier noir.

Ma seule inquiétude concerne mes enfants à qui je n'ai jamais soufflé mot de tout cela. La solution — s'ils me croient dérangé — est toute trouvée: je n'aurai qu'à prétendre qu'il s'agit bel et bien d'un roman, comme j'ai eu la précaution de le faire indiquer sur la couverture.

JACQUES BENOIT

Né en 1941 à Lacolle, près de la frontière américaine, Jacques Benoit a étudié au collège de Saint-Jean et à la Faculté des lettres de l'Université de Montréal. Ses études terminées, un long voyage le mènera aux quatre coins de l'Amérique du Sud. D'abord professeur, il se tourne peu après, en 1964, vers le journalisme. Il publie en 1967 son premier roman, *Jos Carbone*, pour lequel il obtient le Prix littéraire du Québec (gouvernement du Québec). Cinq autres romans ont suivi jusqu'ici: *Les voleurs*, *Patience et Firlipon*, *Les princes*, *Gisèle et le serpent* et enfin, début 1993, son premier roman pour enfants, *Rodolphe Stiboustine ou L'enfant qui naquit deux fois*. Journaliste aux pages économiques de *La Presse*, Benoit y tient également la chronique vinicole depuis 1982 et a publié en 1985 un manuel de dégustation, *Les plaisirs du vin*. Il a aussi écrit pour le cinéma, entre autres *La maudite galette*, que réalisa Denys Arcand, et, avec ce dernier, *Réjeanne Padovani*.

ŒUVRES DE JACQUES BENOIT

Jos Carbone
> Éditions du Jour, 1967 (épuisé).
> Collection «Québec 10/10», 1980.
> Traduction anglaise par Sheila Fischman,
> Harvest House, 1974.

Les voleurs, roman
> Éditions du Jour, 1969 (épuisé).
> Collection «Québec 10/10», 1981.

Patience et Firlipon, roman
> Éditions du Jour, 1970 (épuisé).
> Collection «Québec 10/10», 1981.

Les princes, récit
> Éditions du Jour, 1973 (épuisé).
> Collection «Québec 10/10», 1981.
> Traduction anglaise par David Lobdell,
> Oberon Press, 1977.

Gisèle et le serpent, roman
> Libre Expression, 1981.

Rodolphe Stiboustine ou *L'enfant qui naquit deux fois,* roman
> Boréal Junior, 1993.

CINÉMA

La maudite galette, scénario
Le Cinématographe et VLB éditeur, 1979.

Réjeanne Padovani, scénario, écrit avec Denys Arcand,
L'Aurore, 1975.

JOURNALISME

L'extrême gauche, grand reportage
Éditions du journal La Presse, 1977.

TABLE

TYPO
TITRES PARUS

à paraître

(C): contes; (E): essai; (F): fiction; (H): histoire; (N): nouvelles; (P): poésie; (R): roman; (T): théâtre

Cet ouvrage composé en Times corps 10
a été achevé d'imprimer
le trois mars mil neuf cent quatre-vingt-quatorze
sur les presses de l'Imprimerie Gagné
à Louiseville
pour le compte des
Éditions Typo.

Imprimé au Québec (Canada)